Estação Éden

Uma novela de ficção científica

Eduardo M. Rodrigues

eduardo@eduardo.rodrigues.nom.br

Da janela de sua cabine, Eva Lins presencia o Sol sendo rapidamente bloqueado pela massa descomunal de Júpiter. Começava outra solitária noite na Estação Éden, localizada em Calisto, uma lua do maior planeta do Sistema Solar. As luzes vermelhas dos gigantescos tanques de armazenamento de hidrogênio líquido – localizados a cerca de dois quilômetros de distância do alojamento da garota – tornavam-se gradualmente mais visíveis à medida que a escuridão avançava pela superfície congelante do satélite jupiteriano. Ainda mais distantes, as luzes azuis e brancas da imensa plataforma de aterrissagem dos cargueiros espaciais piscavam intermitentemente, mesmo sem nenhum pouso programado para as próximas doze horas.

Lins – uma engenheira mecânica com especialização em Robótica – alongou-se por alguns instantes e se deitou em sua confortável cama suspensa. Ela tivera um calmo – porém longo e tedioso – dia de trabalho, sem nenhuma ocorrência de manutenção. Aquilo significava que a única coisa que ela havia feito durante doze horas seguidas fora observar os diversos monitores que exibiam informações em tempo real dos robôs que trabalhavam na Estação Éden e nas naves coletoras que iam e vinham de Júpiter. Como estava sem sono, Eva – através de comandos de voz para sua assistente virtual – ligou o sistema de som de sua cabine e selecionou uma *playlist* de Beth Orton. A sublime voz da cantora britânica – gravada há quase dois séculos – preencheu o recinto: *"Eu sei que é difícil amar alguém de novo /*

Quando alguém destruiu seu mundo / Mas vamos lá e deixe-se levar / Não pense mais nisso."[1]

Estirada no leito, a engenheira manuseava uma folha de papel eletrônico onde lia as últimas notícias vindas da Terra. Não havia nada realmente novo, apenas os assuntos de sempre: os desastres climáticos causados pelo aquecimento global, as manobras políticas da China para se manter como a maior superpotência planetária e a eterna luta do Brasil para acabar com a corrupção endêmica em todos as esferas de poder. Lins já estava fora há quase três anos e parecia que nada havia mudado em seu planeta natal.

Ela ocupava o posto de Chefe de Manutenção Robótica da Estação Éden de Processamento de Hidrogênio Líquido. O enorme complexo industrial – propriedade da empresa brasileira **HidroBrás** – era responsável por coletar, liquefazer e armazenar o hidrogênio que era extraído da atmosfera de Júpiter. A função de Lins era manter e reparar as dezenas de robôs que executavam todas aquelas tarefas, garantindo o bom andamento das operações da estação. Era um trabalho muito bem remunerado, que exigia alta qualificação técnica e que não envolvia qualquer risco, visto que os reparos e as tarefas de manutenção eram sempre feitas no interior do complexo. Todavia, era uma rotina que poderia ser extremamente monótona. Por isso, para manter sua sanidade mental e ajudar na passagem do tempo, Eva recorria à Música e ao Cinema.

---

1 Tradução livre de trecho da música *"Did Somebody Make A Fool Of You?"*, presente no álbum *"Comfort Of Strangers"*, lançado em 2006 pela cantora inglesa Beth Orton.

Além de Lins, outros quatro humanos trabalhavam na estação: Márcio Queiróz, o gerente-geral do complexo; Marta Laurentys, responsável pelos sistemas de liquefação e armazenamento do hidrogênio; Guilherme Freitas, piloto; e Harley Guedes, médico. Os demais trabalhadores consistiam em robôs pesados, responsáveis pela coleta do hidrogênio na hostil atmosfera jupiteriana; e androides, que exerciam funções auxiliares dentro das instalações.

Devido às enormes proporções da estação, Eva raramente travava contato físico com as demais pessoas e utilizava o sistema interno de comunicação do complexo para conversar com seus colegas de trabalho. De qualquer forma, ela interagia muito pouco com os demais humanos, limitando-se apenas a trocar mensagens estritamente necessárias. Tal cenário não a incomodava de maneira alguma, visto que um dos motivos para a engenheira ter se candidatado àquele posto era exatamente a pouca convivência com outros indivíduos, informada na descrição do cargo.

Na verdade, Lins se sentia muito mais à vontade lidando com o comportamento objetivo e estritamente protocolar dos androides do que convivendo com as inconstâncias temperamentais dos humanos. Para ela, o contrato de oito anos com a **HidroBrás** era uma dádiva celestial, uma oportunidade de fugir de certos aspectos da humanidade que a incomodavam de forma muito contundente. O nível quase permanente de conectividade ao qual um terráqueo estava submetido tornara-se insuportável para a engenheira. Cercada por redes sociais, aplicativos de mensagens instantâneas, realidade aumentada e informações de localização via GPS – dentre outros –, Eva tinha a percepção de que não mais possuía o direito à solidão. Aquele isolamento voluntário ao qual ela se submetera na Estação Éden era tudo o que precisava.

Enquanto escutava a voz de Beth Orton e esperava o sono a dominar, Lins sentiu seu comunicador de pulso vibrar. O dispositivo – bem parecido com uma pulseira de plástico, com pouco mais de um centímetro de espessura – era responsável por receber e enviar mensagens dentro da rede social corporativa da **HidroBrás**, além de emitir a localização do usuário. A política da companhia exigia a utilização do comunicador – em tempo integral – dentro de todas as suas instalações e veículos, regra que incomodava bastante a engenheira, visto que ela somente colocaria os pés para fora do complexo para entrar na nave que a levaria de volta à Terra. Por ser obrigada a usar o dispositivo todo o tempo, Eva estava apta a visualizar publicações, receber mensagens e ter sua localização disponível – a qualquer hora – para qualquer um dos milhares de funcionários da empresa espalhados pelo Sistema Solar, algo que a inquietava. A solução que encontrou para mitigar a situação foi modificar as opções de privacidade do aplicativo, de modo que somente *posts* de pessoas especificadas por ela gerassem notificações. Assim sendo, Lins era informada apenas quando um de seus quatro seus companheiros de trabalho na Estação Éden publicava algo na rede social da companhia interplanetária.

O pulso da engenheira vibrou outras três vezes e ela decidiu silenciar as notificações para poder dormir. Antes, porém, verificou quem estava postando àquela hora. Com um toque no comunicador, Eva acionou a lente digital colocada em seu olho esquerdo, onde foram projetadas as últimas publicações na rede social da **HidroBrás**. A utilização da lente dentro do ambiente profissional era outra norma da companhia. O artefato consistia numa película gelatinosa – semelhante às primitivas lentes de contato convencionais para correção visual – e possuía a capacidade de exibir informações recebidas do comunicador de pulso, bem como diversos dados vitais do usuário. Lins desconfiava que o dispositivo também era capaz de transmitir tudo o que os funcionários viam e ouviam, o que era peremptoriamente negado pela empresa.

Ao pressionar o comunicador, quatro fotos de Marta Laurentys surgiram na lente de Eva. Nelas, a responsável pelo processamento do hidrogênio – em trajes esportivos bastante justos – exibia o corpo bem definido diante de aparelhos instalados na academia do complexo. A legenda do *post* era: "*Mesmo em outro planeta, a malhação não pode parar*". O texto arrancou um suspiro desalentador da especialista em Robótica, que constatou que a publicação já havia sido curtida por mais de mil pessoas. Dentre seus quatro colegas de estação, Laurentys era – folgadamente – a mais ativa na rede social da **HidroBrás**. O perfil da especialista em Química e Processos Industriais se enquadrava no arquétipo que mais cansava Lins: o usuário exibicionista que fotograva e publicava todas – rigorosamente todas – as suas atividades ao longo do dia, transformando sua página pessoal num verdadeiro diário. Eva já havia perdido a conta da quantidade de *posts* feitos por Marta contendo *selfies* logo ao acordar ou de fotos aleatórias de sua mesa de trabalho. Quem precisava, ou melhor, quem desejava ver aquilo?

Apesar de não publicarem com a mesma frequência de Laurentys, os outros funcionários da Estação Éden apresentavam perfis bastante familiares à Lins: Márcio era o pai ausente que insistia em publicar fotos antigas tiradas com os filhos; Harley era o *hater* sem causa que utilizava a rede social para destilar ódio contra tudo e contra todos; já Guilherme era o baladeiro inveterado que era incapaz de postar uma foto sem um copo de bebida nas mãos. Na verdade, a minúscula força de trabalho do complexo industrial era um microcosmo que emulava o comportamento da maioria da população terrestre nas redes sociais: havia hipocrisia, exibicionismo, intolerância.

Subitamente, o post de Marta Laurentys relembrou a engenheira de suas experiências nas redes sociais no planeta Terra: memórias das sensações desconfortáveis causadas pelo uso de aplicativos que a mantinham conectada com o mundo virtual todo o tempo. Eva se recordou de como se sentia deslocada ao ver postagens extremamente populares que continham pessoas, aparentemente felizes, participando de eventos ou atividades que não lhe interessavam. Lembrou-se, também, das vezes em que sentimentos como fracasso e inveja lhe ocorreram após ver publicações de pessoas que pareciam mais felizes, mais bem-sucedidas e mais bonitas que ela.

Tempos atrás, um post como aquele certamente teria causado um efeito muito negativo sobre a engenheira. No entanto, naquela noite, a única reação de Eva foi a sensação de preguiça intelectual. Após visualizar e curtir a publicação de Marta – um mero ato de boa convivência social –, Lins acionou o modo silencioso de seu comunicador de pulso e fechou novamente os olhos. Após alguns minutos, ela adormeceu ao som de *Blood Red River*[2].

2Faixa presente no álbum *"Central Reservation"*, lançado em 2006 pela cantora britânica Beth Orton.

Eva se encontrava na ala médica do complexo, sentada à antessala do consultório do doutor Harley Guedes. O médico estava na casa dos quarenta anos de idade e tinha boa aparência, mas sua baixa tolerância a opiniões divergentes e as sucessivas cantadas que ele lhe dirigira em consultas anteriores o transformaram numa personagem repugnante para a engenheira. No entanto, como o protocolo de monitoramento de saúde da **Hidrobrás** exigia que todos os funcionários da Estação Éden se submetessem a exames bimestrais, a Chefe de Manutenção Robótica foi forçada a se deslocar de seu setor até o local de atuação de Guedes. Já haviam se passado trinta minutos em relação ao horário previamente agendado pelo médico, mas ele ainda não havia aparecido. Entediada, Lins ligou seu *tablet* e começou a analisar os dados dos robôs que naquele instante estavam coletando hidrogênio na atmosfera de Júpiter e que ao fim do dia seriam levados ao setor sob sua responsabilidade para um exame de manutenção preventiva. De certa forma, ela era a doutora Guedes deles.

— Olá, novata! — saudou uma voz feminina.

Como estava concentrada na análise das informações mostradas na tela de seu dispositivo móvel, a especialista em Robótica não percebeu a chegada de Marta Laurentys.

— Há quanto tempo não nos encontramos pessoalmente, querida! — comentou a química. — Tudo bem com você?

— Eu estou bem, obrigada. — Lins respondeu, polidamente. — O doutor Guedes me convocou para o exame bimestral.

— Compreendo. — disse Marta, sentando-se num banco exatamente à frente de Eva. — Eu senti um desconforto na coxa ao fazer um exercício físico ontem e gostaria que o Harley examinasse o local.

Enquanto a engenheira usava um descuidado conjunto de moletom, Laurentys vestia uma justíssima roupa de ginástica, que realçava ainda mais todos os contornos de seu belo corpo. A responsável pelos sistemas de liquefação e armazenamento do hidrogênio do complexo era uma mulher capaz de chamar a atenção de ambos os sexos em qualquer lugar que adentrasse e, tendo consciência daquilo, usava-o a seu favor. Em outros tempos, Lins – que também era uma mulher bonita, apesar de não possuir o mesmo apelo sexual de Marta – se sentiria intimidada pela beleza de sua colega de trabalho e se julgaria inadequada. Naquele dia, porém, sua reação foi apenas um simples menear de cabeça.

— Você não tem saído muito de sua ala, não é, novata? — indagou a química. — Muito trabalho?

— Sim. — Lins respondeu, tentando encurtar a conversa.

— Você também não tem postado nada na rede social nos últimos dias... — Marta continuou, num tom malicioso. — Está tudo bem?

— Sim, está. — Eva afirmou, evasiva. — Não tenho postado nada porque acho que ninguém estaria interessado em fotos de peças estragadas de robôs. Não é muito *sexy*.

O tom empregado pela engenheira para dizer esta última palavra foi bastante sarcástico. Marta percebeu, se ajeitou no banco e se calou. As duas mulheres permaneceram em silêncio por alguns minutos, até que a figura de Harley Guedes surgiu à porta do consultório. Após demorar alguns constrangedores segundos devorando Marta Laurentys com os olhos, o médico cumprimentou ambas e convidou Eva para entrar.

Uma vez dentro do consultório, Guedes indicou que a engenheira se deitasse numa cama instalada junto a um monitor. Em seguida, o médico apertou alguns botões num teclado e hastes de metal saíram de dentro do leito, que era, na verdade, uma máquina examinadora. Os fios grudaram-se nos pulsos, nos tornozelos, nas têmporas e no tórax de Eva, que – já familiarizada com o procedimento – permanecia com os olhos fechados. Alguns segundos se passaram e as hastes se retraíram, voltando para dentro da máquina.

— Pronto, senhorita Eva Lins! — anunciou Harley. — Pode se levantar.

A engenheira desceu da cama e se recostou numa das paredes do recinto, enquanto Guedes observava atentamente as informações que eram mostradas no monitor. A análise durou poucos minutos, até que o médico apertou um botão e a máquina foi desligada.

— Seus sinais vitais estão excelentes, novata. Mas não pude deixar de notar que você engordou dois quilos desde o último exame e que seus níveis de colesterol pioraram um pouco.

Lins nada disse, limitando-se a menear a cabeça positivamente.

— Eu estava acompanhando seus *logs* de localização e percebi que já faz um mês que você não vai até a academia. — Harley revelou. — Meia-hora diária de esteira certamente lhe faria bem, novata.

— Eu levo trinta minutos para me deslocar da ala de manutenção de robôs até a academia, doutor. — a engenheira reclamou.

— Nós temos inúmeras *scooters* espalhadas pela estação, novata. — argumentou o médico. — Use uma delas para chegar até a academia.

— Não gosto daquelas coisinhas. Não me parecem seguras. — afirmou Lins. — Além disso, nunca tive muita disposição para exercícios físicos.

— Eu entendo sua posição, novata. Mas devido às peculiaridades do ambiente da estação, as atividades físicas são uma necessidade para o bom funcionamento de seu organismo. Tente se esforçar para usar a esteira alguns minutos diários. Você ainda tem mais três anos de trabalho aqui. É melhor se cuidar!

— Tudo bem, doutor. — ela concordou. — Vou tentar manter uma agenda regular de atividades físicas de hoje em diante.

Harley pegou um *tablet* que estava sobre sua mesa e pressionou a tela do dispositivo. O comunicador de pulso de Eva vibrou no mesmo instante.

— Eu enviei os dados de seu exame para você e para o servidor da estação. — falou o médico. — O meu substituto precisará deles no seu próximo exame periódico.

— Seu ciclo aqui está terminando, doutor?

— Sim. — respondeu Guedes, com uma expressão de alívio no rosto. — Vou embora junto com o próximo cargueiro vindo da Terra, daqui um mês. Não vejo a hora de ir para uma praia artificial, me estirar numa cadeira e encher a cara!

Cerca de cinquenta anos antes, com a abolição do uso de combustíveis fósseis na Terra – por questões ambientais e pelo esgotamento das reservas naturais de petróleo –, a enlouquecida corrida de empresas por alternativas mais limpas para o acionamento de máquinas e veículos acabou elegendo o hidrogênio como o novo combustível planetário. Motores movidos por células que convertiam o elemento em energia foram desenvolvidos, se mostrando bem mais eficientes e limpos que seus ancestrais impulsionados pela combustão a óleo. Uma das consequências foi o aumento exorbitante da demanda pelo gás, que levou a **HidroBrás** a buscá-lo em Júpiter, onde era encontrado abundantemente na atmosfera.

Por questões fisiológicas, cada funcionário contratado pela multinacional brasileira para trabalhar na Estação Éden ficava apenas quatro anos no complexo. Eles viajavam nos gigantescos cargueiros que partiam da Terra em direção a Júpiter para recolher o hidrogênio líquido e transportá-lo para o Planeta Azul. As naves de carga demoravam vinte e quatro meses para vencer o percurso, sendo que uma vez por ano uma delas aportava na base construída na lua jupiteriana para ser carregada com o líquido e retornar. A cada chegada de um cargueiro, um membro humano da estação partia, sendo substituído por outro que viajara na nave. Lins havia chegado na última espaçonave e por isso era chamada de *novata* pelos seus colegas de trabalhos, mesmo após onze meses. Mais alguns dias e aquela desconfortável alcunha teria outro dono.

— Você sentirá minha falta, novata? — o médico perguntou, se aproximando da engenheira e tentando colocar a mão em seu ombro.

— Muito pouco, doutor. — respondeu Eva, esquivando-se e se dirigindo para a porta do consultório. — Mas acredito que outras pessoas sentirão mais do que eu.

A engenheira abriu a porta do cômodo e saiu rápida e atabalhoadamente, passando por Marta Laurentys sem dizer uma palavra sequer.

Um incidente com uma das naves coletoras havia danificado dois robôs responsáveis por manusear os tubos que sugavam o hidrogênio de Júpiter para dentro dos tanques do veículo de captação. Como haviam sido projetados para suportar as impiedosas intempéries que varriam a atmosfera do maior planeta do Sistema Solar, as máquinas coletoras possuíam carcaças bastantes robustas. A mais avariada das duas havia sido atingida por um raio e tivera uma parte considerável de sua proteção externa derretida. A segunda portava diversos arranhões em sua carcaça e tivera seu *display* principal destruído.

O par de autômatos se encontrava sobre mesas de reparo instaladas na oficina de Eva. A engenheira estava diante daquele que se encontrava mais avariado e analisava os dados gerados pelo *software* de diagnóstico que varria o sistema operacional da máquina coletora. Os resultados apontavam que diversas placas internas estavam inoperantes e que seria necessário desmontar boa parte do robô para trocar as peças queimadas e efetuar os reparos. Prevendo longas horas de árduo trabalho, Lins deu um profundo suspiro.

— Está tudo bem, senhorita Lins? — perguntou Roy, o androide que era seu principal assistente de manutenção.

— Está sim, Roy. Está tudo bem.

Ao contrário dos robôs coletores – que, devido às suas funções, possuíam um acabamento bastante grosseiro e formas que lembravam mais antigos maquinários industriais do século XX –, o androide assistente poderia ser muito facilmente confundido com um humano de verdade. Fabricado pela **PKD Robotics** – o mais poderoso conglomerado tecnológico terrestre –, Roy era um exemplar da série **OmniDroid-35,** a mais avançada categoria de robôs antropomorfos desenvolvida até então. Além de serem dotados com tecnologia de ponta em termos de Inteligência Artificial e *Machine Learning,* os **OmniDroids** possuíam uma estrutura corporal que imitava perfeitamente todas as características de um corpo humano: pele, cabelos, olhos e até mesmos órgãos internos. O único detalhe que permitia distingui-los de uma pessoa real a olho nu era um pequeno código de identificação localizado na parte interna do pulso da mão esquerda.

— Os sensores de proximidade desta unidade foram danificados e precisarão ser trocados, senhorita Lins. — afirmou o androide, com sua voz educadamente monotônica. — Você deseja que eu faça a substituição?

— Sim, Roy. Por favor.

Sem dizer uma palavra, o autômato afastou-se da engenheira e se dirigiu até o depósito de peças, localizado num enorme cômodo contíguo à oficina. Além dos módulos convencionais de convivência com humanos que eram instalados em todas as unidades **OmniDroid,** o cérebro artificial de Roy havia sido alimentado com módulos adicionais sobre manutenção robótica. Na prática, aquilo significava que o androide era tão ou mais capaz de reparar os robôs coletores quanto a própria Eva, que já havia se perguntado – diversas vezes – quanto tempo demoraria para que toda a Estação Éden fosse administrada unicamente por máquinas daquele tipo.

O assistente robótico retornou com as peças necessárias para reparar o autômato coletor e imediatamente começou a desmontá-lo. Enquanto desenvolvia seu trabalho, Roy permanecia calado. Aquela era exatamente uma das características dos androides que mais agradava Lins: eles somente se manifestavam quando eram instados a falar, quando precisavam de uma aprovação humana para realizar uma determinada ação ou quando percebiam que algo de errado com os humanos fisicamente próximos a eles. Eram capazes de ficar calados por horas a fio – mesmo tendo uma pessoa por perto –, o que fazia deles a companhia perfeita para a engenheira.

O trabalho de substituição de placas era lento e meticuloso, mas Eva dominava o processo com tamanha destreza que era capaz de pensar em outros assuntos enquanto consertava o robô coletor. Sem perceber, começou a cantarolar uma canção de sua cantora favorita: *"Eu penso em você em uma noite de luar / E todas as estrelas parecem chorar / Quando há muito a perder / Nunca há tempo para dormir"*[3]

— Está tudo bem, senhorita Lins? — o androide perguntou.

— Sim, Roy. — ela respondeu, saindo de seu devaneio e girando a cadeira na direção do robô. — Por quê?

— Meus sistemas de análise semântica e de cognição perceberam uma conotação bastante **melancólica** no conjunto de palavras e na melodia da música que você está cantando, senhorita

---

3 Tradução livre de trecho da música *"Stars All Seem To Weep"*, presente no álbum *"Central Reservation"*, lançado em 1999 pela cantora britânica Beth Orton.

Lins. — explicou o autômato. — Com base nessas premissas, minha programação exige que eu faça esta verificação vocal.

— Se todos os homens de carne e osso tivessem essa preocupação, meu amigo... — Eva comentou, soltando um sorriso desanimado. — Tudo seria mais fácil.

— Segundo meu entendimento, os seres humanos possuem graus variados de preocupação, o que gera um espectro quase infinito de possíveis reações, senhorita Lins. — Roy afirmou. — Esperar um comportamento uniforme de todos os homens é ilógico.

— O pior é que não é necessário ser um androide com um poderoso cérebro artificial para chegar a esta conclusão. — disse a engenheira. — E, mesmo assim, nós, humanos, ainda insistimos em esperar por isso.

A jovem girou a cadeira novamente, colocando-se de frente para o robô coletor avariado. Aquele gesto indicava a Roy que a conversação não deveria prosseguir. Ambos voltaram, então, a trabalhar nos reparos. Todavia, após alguns minutos de silêncio, Eva – sem perceber – retomou a canção: *"Todas as coisas que tomamos como certas / As palavras ainda vivem na minha cabeça / Todas as vezes que eu tomei por certa / Todas as palavras que eu nunca disse."* [4]

— Perdoe minha intromissão, senhorita Lins. — disse o androide. Apesar das palavras utilizadas e de toda a sofisticação de

---

[4] Tradução livre de trecho da música "Stars All Seem To Weep" , presente no álbum "Central Reservation", lançado em 1999 pela cantora britânica Beth Orton.

sua inteligência artificial, Roy, como qualquer outro **OmniDroid** da série 35, possuía apenas uma entonação de voz. — Mas minha lógica de programação não consegue entender sua insistência em cantar algo tão deprimente. Com todo o respeito, eu simplesmente não consigo perceber qual seria o possível efeito positivo deste ato. O que você sente ao fazê-lo?

"Já temos quase dois séculos de pesquisa e desenvolvimento e ainda não conseguimos dotar os androides de algumas sensações que nos são tão banais." — pensou a engenheira. Entretanto, a própria Eva constatou que definir o efeito que aquela música exercia sobre si mesma era muito mais complexo do que imaginava. Por isso, ficou alguns instantes em silêncio – encarando a face humanizada, mas completamente sem expressão, de Roy –, selecionando as palavras que melhor pudessem traduzir aquela sensação tão abstrata:

— Quando eu escuto uma música triste, Roy, percebo que existem outras pessoas que compartilham – ou, pelo menos, compreendem – minha sensação de incompletude. Isso me ajuda, pois, de certo modo, constato que não estou sozinha. E é exatamente este sentimento de solidão coletiva que me conforta.

Se o androide fosse capaz de reproduzir feições faciais humanas, certamente sua fronte estaria repleta de rugas. Apesar de todos os esforços feitos por programadores ao longo de toda a história da Robótica, o cérebro computadorizado de Roy não conseguia encontrar um sentido nos termos empregados por Eva. Seus circuitos lógicos não eram capazes de entender como era possível para a engenheira compartilhar um sentimento ou não sentir-se sozinha quando ela efetivamente não estava acompanhada por outro humano.

— Sinto muito, senhorita Lins. Mas não consegui entender sua colocação.

— Não se preocupe, meu amigo. — disse a engenheira. — Talvez nem eu mesma consiga entender o que acabei de dizer. Quero apenas que você não se preocupe se eu estiver cantando algo triste de agora em diante. Entendido?

— Registrado, senhorita Lins. — o androide confirmou.

— Voltemos ao trabalho então.

Pela primeira vez em quase um ano, todos os humanos da Estação Éden estavam reunidos no mesmo recinto: o saguão de desembarque da plataforma de aterrissagem dos cargueiros. Devidamente perfilados e vestindo seus uniformes de gala, homens e mulheres aguardavam a abertura da porta que dava acesso à câmara de descontaminação da plataforma. Do outro lado, estava a tripulação do *HBR-C10989* e o novo membro do complexo industrial, que substituiria o médico Harley Guedes.

O cargueiro espacial, cuja fuselagem estava pintada nas cores da bandeira do Brasil, era o maior e mais moderno da **HidroBrás**. Com capacidade para transportar mais de 50 bilhões de métricos cúbicos de hidrogênio liquefeito – cinco vezes mais que o modelo que o antecedia –, o HBR-C10989 estava em sua viagem inaugural. A nave de carga havia chegado a lua de Júpiter um dia antes, mas – em razão de seu tamanho colossal – demorara quase vinte horas para executar as manobras de aproximação e aterrissagem na pista da Estação Éden. As dimensões absurdas do cargueiro impressionaram os habitantes do complexo, uma vez que o calado do mesmo possuía, pelo menos, quatro vezes o tamanho do pé-direito da oficina de Eva, o mais alto cômodo do local.

— Por que apelidaram este cargueiro de *Sérgio Cabral*, Márcio? — Eva perguntou, enquanto esperavam a abertura da porta.

Como todos as naves da imensa frota da empresa brasileira, o cargueiro possuía – além de seu número de série – um pseudônimo informal. O do HBR-C10989 era o nome de um notório corrupto que havia sido governador do Rio de Janeiro no começo do século XXI e que havia sido preso por ter desviado milhões dos cofres públicos, enriquecendo-se ilícita e pornograficamente enquanto o estado sob sua responsabilidade ruía de forma trágica.

— Os rumores dizem que, assim como era o apetite de Sérgio Cabral por propinas, o tanque deste navio parece não ter fim. — explicou o gerente-geral do complexo.

Lins apenas meneou a cabeça e voltou a observar a porta da câmara de descontaminação. Não era possível ver o que acontecia do outro lado do pórtico, que era feito de aço maciço e não possuía janelas, mas a luz vermelha no *display* instalado ao lado desta indicava que o processo de limpeza estava em andamento.

— Quanto tempo levará para que a nave seja carregada, senhorita Laurentys? — questionou Queiróz.

— Sete dias, no mínimo, Márcio. Não se bombeia cinquenta bilhões de metros cúbicos de hidrogênio líquido de um dia para outro.

O gerente-geral suspirou, impaciente. Com os demais cargueiros, o tempo gasto para encher os tanques era de um dia, no máximo. Devido ao tamanho descomunal do *Sérgio Cabral*, Queiróz se via forçado a fornecer acomodações e comida para os tripulantes por uma semana. A Estação Éden possuía espaço e mantimentos suficientes para receber até cem pessoas por uma semana – até mesmo porque as naves de carga sempre traziam uma quantidade enorme de suprimentos –; o que incomodava Márcio era ter estranhos vagando pelo complexo por tanto tempo.

Os residentes da estação esperaram por pouco mais de vinte minutos – que, para eles, pareceram uma eternidade – até que o processo de descontaminação terminasse. Um bipe soou e a luz do *display* da porta mudou de vermelho para verde. Em seguida, o pórtico começou a subir, lentamente revelando as pessoas que estavam do outro lado. Apesar de suas dimensões, o *Sérgio Cabral* possuía um moderno sistema de controle que permitia que apenas quatro profissionais humanos o operassem: um capitão, responsável por administrar a nave e comandar o restante da tripulação durante a viagem; um navegador, cuja função era traçar a rota a ser percorrida; um piloto, responsável por efetivamente pilotar o cargueiro; e um engenheiro de manutenção, cuja tarefa era monitorar os sistemas da nave, mantê-los em bom funcionamento e efetuar eventuais reparos. O quarteto de humanos era assistido por alguns robôs e androides preparados para realizar tarefas específicas, mas, no geral, uma nave de carga gigantesca como o HBR-C10989 possuía uma tripulação bastante reduzida.

Márcio Queiróz estava familiarizado com o número de pessoas necessários para administrar uma nave e já havia recebido previamente os arquivos com informações pessoais e profissionais do quarteto de tripulantes: Geraldino Rodrigues, o capitão; Pedro Carvalho, o piloto; Gabriela Medeiros, a navegadora e Jenecir Soares, o engenheiro de manutenção. Além destes, o gerente-geral também recebera o arquivo de Viktor Werther, o médico que substituiria Harley Guedes.

Todavia, uma sexta pessoa saiu da câmara de descontaminação: uma mulher tão linda que parecia ter sido esculpida por um artista renascentista. Marta Laurentys era uma bela mulher, mas grande parte de seu apelo advinha de exercícios físicos, alimentação regrada, diversas intervenções cirúrgicas e o uso de trajes que acentuavam suas curvas. Já a recém-chegada possuía graciosidade e beleza tão arrebatadoras e naturais que os residentes no complexo tiveram a impressão de que estavam diante de uma divindade.

Seguindo o protocolo da **HidroBrás**, Márcio cumprimentou solenemente o capitão do *Sérgio Cabral*, entregando-lhe uma garrafa de um caríssimo champanhe francês. Em seguida, o gerente-geral da Estação Éden presenteou os demais tripulantes com barras de um fino chocolate belga. A última a receber o presente foi a sexta passageira.

— Eu não recebi seu arquivo pessoal, senhorita. — comentou Queiróz, tentando disfarçar a sensação de desconforto que a beleza de sua interlocutora lhe causava.

— Eu sou Rachel Almeida, supervisora de processos. — anunciou a deusa, com uma voz tão sublime que era quase capaz de hipnotizar quem a ouvisse. — Realmente, não sei porque o meu arquivo não lhe foi remetido, senhor Queiróz, mas terei prazer em transmiti-lo pessoalmente para seu comunicador.

— Certamente, senhorita Almeida. — aquiesceu o gerente-geral. — Como você deve saber, as normas da companhia regem que os arquivos de todos os tripulantes do cargueiro sejam enviados para o administrador da Estação Éden com, pelo menos, uma semana de antecedência.

— Sim, você tem razão, senhor Queiróz. — Rachel concordou. — Todavia, eu não sou uma tripulante do *Sérgio Cabral*. Fui enviada para me juntar à sua equipe.

Márcio sentiu a face enrubescer e resistiu ao impulso de perguntar exatamente o que uma supervisora de processos pretendia fazer em seu complexo. Estaria a Administração Central da **HidroBrás** desconfiando de algo?

— Seja bem-vinda, então, senhorita Almeida. — o gerente-geral saudou, de maneira pouco convincente. — Venham, todos! Ordenei que um almoço especial fosse preparado para comemorar sua chegada. Por favor, sigam-me!

Márcio Queiróz conduziu os recém-chegados até o refeitório principal do complexo. O administrador da estação não estava exagerando ao afirmar que um almoço especial havia sido preparado para os visitantes: em vez da insonsa comida enlatada ou das porções sem sabor de ração espacial, Márcio havia usado o forno de micro-ondas da cozinha para assar quase cinco quilos de picanha bovina. Obviamente, o sabor daquela carne que passara um ano armazenada num congelador não poderia se comparar ao de uma peça fresca. Todavia, para os viajantes do cargueiro e os residentes da estação, acostumados a refeições pouco apetitosas, aquilo era um luxo.

A mesa onde foi servido o almoço possuía lugares para vinte e duas pessoas. De maneira totalmente espontânea, os residentes da estação e os recém-chegados se organizaram em três grupos: Márcio Queiróz, o capitão Geraldino Rodrigues e o piloto Pedro Carvalho sentaram numa extremidade da mesa, com o gerente-geral ocupando a cabeceira e os outros dois ocupando os lugares à sua esquerda e à sua direita. Mais ao centro, no lado direito, encontrava-se Marta Laurentys, que estava ladeada por Jenecir Soares, o engenheiro de manutenção do cargueiro. Também ao centro, no lado esquerdo, estava Rachel Almeida, que se encontrava entre Harley Guedes e Guilherme Freitas. Já na extremidade oposta, estavam sentados Viktor Werther – o novo médico do complexo –, Gabriela Medeiros – a navegadora do *Sérgio Cabral* – e Eva Lins.

Os homens sentados à cabeceira da mesa – mais velhos, casados e pais de família – discutiam assuntos estritamente profissionais, como o tempo que seria gasto para transportar os mantimentos, suprimentos e equipamentos trazidos pela nave de carga para dentro da Estação Éden. O cargueiro trouxera novos robôs de coleta e peças de manutenção, além de comida, água, roupas e utensílios de uso diário dos residentes do complexo. Todo o processo seria conduzido e executado exclusivamente por androides, cabendo a Márcio Queiróz apenas monitorá-lo através de seu *tablet*.

Na parte central da mesa, tanto Rachel quanto Marta eram alvos de todos os tipos de cantadas por parte de seus interlocutores. Além de serem muito belas, ambas as mulheres eram novidades para os homens, o que explicava o furor com que Harley, Guilherme e Jenecir investiam sobre elas. Enquanto Laurentys parecia estar entediada com os galanteios pouco criativos de Jenecir e não se preocupava em responder às diversas perguntas que ele lhe fazia, Almeida mantinha um semblante agradável e conversava educadamente com o médico e o piloto.

No fim da mesa, Viktor, Gabriela e Eva conversavam sobre amenidades e curiosidades de seus campos de conhecimento. Werther era mais charmoso do que bonito, além de bastante simpático. Medeiros e Lins, por sua vez, não eram belas como Marta e Rachel, mas também não podiam ser consideradas feias. De qualquer forma, a conversa dos três – em momento algum – ultrapassou os limites do profissionalismo: Gabriela se revelou muito tímida, Eva permaneceu na defensiva e Viktor não demonstrou interesse em nenhuma delas.

O *Sérgio Cabral* já havia partido de volta à Terra, levando consigo sua tripulação e o doutor Harley Guedes. Na rede social corporativa da **HidroBrás**, as publicações de Rachel Almeida – que não eram frequentes e poucos elaboradas – recebiam, no mínimo, quatro vezes mais visualizações e curtidas do que os *posts* de Marta Laurentys, não importando o quão a química se esforçasse para exibir ângulos cada vez mais ousados de sua anatomia. Aquela situação divertia Eva, que se regozijava com o fato de que todo o exibicionismo de Laurentys se mostrava incapaz de suplantar a beleza transcendental de Almeida.

Novamente sentada na antessala do consultório médico e escutando música através dos fones de ouvido, Lins aguardava o horário de seu exame bimestral obrigatório, o primeiro com o Doutor Viktor. Ao contrário de seu antecessor, o novo clínico era bastante discreto em suas manifestações, tanto na rede social da **HidroBrás** quanto no sistema interno de comunicação do complexo. Desde que se integrara à equipe da Estação Éden, Werther se limitara apenas a visualizar e curtir postagens, sem emitir qualquer comentário. Para Eva, aquilo era um ponto positivo.

Por estar com os olhos fechados e usando fones, Lins não escutou quando Viktor abriu a porta do consultório e a chamou. Notando que a engenheira não percebera sua presença, o médico aproximou-se cuidadosamente, retirou um dos fones de Lins e colocou em sua própria orelha. Uma bela voz feminina, ao mesmo tempo delicada e selvagem, soou em seu ouvido: *"Onde está o amor em seu coração? / Vamos lá. coloque um pouco de amor em seu coração.*[5]

— Que voz maravilhosa! — ele elogiou. — Quem é?

— Beth Orton. — Eva respondeu, sentindo o rubor dominar-lhe o rosto. — Uma cantora inglesa do início do século vinte e um.

— Eu sabia que era uma artista verdadeira, com talento verdadeiro! — o médico vibrou, devolvendo o fone à engenheira. — Depois de 2030, com todos aqueles *softwares* de composição e dispositivos de afinação, não era mais necessário saber cantar ou tocar! A música se tornou uma variante da programação de computadores.

Lins também concordava com aquela afirmação, mas tentou não deixar aquilo transparecer em sua face. Em vez disso, recolheu os fones de ouvido, guardou-os no bolso da blusa de uniforme e se levantou. Com um gesto, Viktor indicou que ela entrasse no consultório. Lá dentro, Eva não pode deixar de notar diversos livros empilhados numa estante localizada num dos cantos do consultório. A posse de cópias físicas de obras literárias era um indício de que o médico era um leitor bem acima da média ou um interessado em antiguidades. Gostaria ele também de Cinema?

— Os livros são para leitura ou apenas decoração? — a engenheira perguntou, apontando para a estante.

5Tradução livre de trecho da letra da música *"Heart Of Soul"*, presente no álbum *"Comfort Of Strangers"*, lançado em 2006 pela cantora britânica Beth Orton.

— Leitura, claro! — Werther respondeu. — É um costume que herdei de meus pais, que eram escritores. Eu sei que pensar em livros de celulose numa época de *tablets* e leitores eletrônicos pode parecer um anacronismo, mas a verdade é que ainda me delicio ao virar as páginas físicas.

— Eu nunca encarei a leitura como um prazer. — confessou Eva. — Somente como um caminho para se obter conhecimento.

— Isso é compreensível. — Viktor comentou. — A maioria das pessoas não vê a Literatura como divertimento. Eu, todavia, aprendi a apreciar a beleza dos textos, principalmente daqueles escritos antes do século vinte e um. Por isso, trouxe esses exemplares da Terra comigo.

— Eu prefiro o Cinema e a Música, na verdade. — Lins afirmou, estranhando o fato de emitir tal declaração sem que o médico lhe fizesse uma pergunta.

— Eu gosto de Música, mas o Cinema nunca conseguiu me cativar. — Werther falou, enquanto preparava o aparelho de diagnóstico. — Como meu pai sempre dizia: se o filme sobre um livro é bom, o livro deve ser espetacular...

Viktor sorriu novamente e, desta vez, Eva retribuiu o sorriso. Havia algo no comportamento do médico – talvez seu perfil discreto, talvez seu comedimento com as palavras – que a fazia sentir-se à vontade. Não era a beleza, porque ele não podia ser considerado um homem bonito. Guilherme – o piloto das naves de coleta da Estação Éden –, por exemplo, era fisicamente bem mais atraente do que Werther, mas sua personalidade imatura repelia a engenheira. Já o doutor possuía um charme diferente, que ela não sabia definir.

— Creio que você já saiba como funciona o exame, Eva. — ele falou, apontando para a máquina de diagnóstico.

A engenheira meneou positivamente a cabeça e se deitou na cama. O médico acionou o aparelho e o exame foi rapidamente executado. Ao término, da mesma maneira que Harley Guedes, Viktor observou o monitor por alguns instantes e – em seguida – o desligou. Ele então pegou um *tablet* que se encontrava sobre sua mesa, manipulou-o por um momento e o guardou.

— Com exceção de seus níveis de glicose, que estão um pouco alterados, está tudo bem, Eva. Os dados já foram enviados para seu comunicador. Assim como meu antecessor, recomendo um pouco de exercícios físicos. Nada mais.

— Obrigada, doutor.

— Por favor, me chame de Viktor. — o médico pediu, abrindo um simpático sorriso e tocando suavemente o ombro esquerdo da engenheira. — Não há necessidade de formalismos aqui nesta estação. Somos tão poucos!

— Tudo bem, *Viktor.* — Lins falou, sentindo o rubor dominando seu rosto e se dirigindo, desajeitadamente, para a porta do consultório. — Obrigado!

— Estou à sua disposição, Eva. — Werther disse, acompanhando-a cavalheirescamente até a saída do recinto. —

Não se acanhe em me procurar em caso de dúvidas ou se sentir algum desconforto.

— Está bem. — ela falou, de forma acanhada. — Tenha um bom dia!

— Você também. — ele respondeu, encarando-a com seus olhos vívidos e misteriosos.

Lins se virou e começou a caminhar de volta para sua oficina, mas teve a sensação de que o médico continuava à porta do consultório, observando-a. Em outro movimento impensado, ela se virou, somente para constatar que Viktor realmente estava com os olhos fixos nela. Sem saber como proceder, a engenheira acenou desajeitadamente. Werther sorriu – retribuindo o gesto – e a engenheira continuou sua caminhada. Alguns passos adiante, porém, ela ouviu a voz dele chamando:

— Eva!

Foi impossível não parar e se virar imediatamente na direção do médico.

— Sim?

— Vamos fazer um trato: eu lhe sugiro um bom livro e você me indica um bom filme... — ele propôs. — O que acha?

— É uma boa ideia. — ela respondeu, tentando conter o sorriso que lhe brotava na face. Na verdade, qualquer coisa que a fornecesse uma desculpa para conversar com o doutor era bem-vinda.

— Ótimo! — exclamou Werther, de modo quase pueril. — Um segundo, por favor!

O médico entrou no consultório e retornou, alguns instantes depois, trazendo um livro nas mãos. Ao chegar perto da engenheira, esticou o braço e a ofereceu um exemplar de *Os Robôs da Alvorada*[6].

— Eu imaginei que um livro que tivesse robôs no enredo talvez lhe fosse mais palatável, mesmo tendo sido escrito mais de dois séculos atrás. — Viktor falou. — Tenho outros que falam de assuntos diferentes, caso você deseje...

— Não, este está bom. — Lins falou, pegando o livro das mãos de Werther e folheando as primeiras páginas da obra. — Estou curiosa para saber o que um escritor do ano de mil novecentos e oitenta e três pensava sobre robôs. Vai ser interessante descobrir...

— Espero que goste. — o médico falou, tentando, em vão, fazer contato ocular com a engenheira, que mantinha a cabeça baixa.

— Tenho certeza de que vou gostar. Obrigada!

Sem saber como proceder, Eva permaneceu parada diante de Viktor, que parecia aguardar algo.

— Qual é a sua sugestão de filme para mim? — perguntou ele.

6Livro escrito pelo norte-americano Isaac Asimov e publicado em 1983, cuja trama gira em torno da investigação de um "roboticídio" cometido contra um humanoide.

— Qual é o seu assunto preferido? — ela inquiriu, movendo nervosamente o livro nas mãos.

— Indique-me um que contenha robôs. — Werther respondeu. — Um filme com robôs anterior ao século vinte e um.

Lins pensou por alguns segundos.

— Assista *Blade Runner, o Caçador de Androides*[7]. — sugeriu. — É de mil novecentos e oitenta e dois e também fala de androides muito parecidos com humanos.

— Interessante! — o médico exclamou. — Já naquele tempo nós sonhávamos com robôs providos de características humanas, hein?

— Sim. — Eva respondeu. — Parece que desde sempre buscamos criar robôs que pudessem se passar por humanos. Mas parece que em vez de humanizarmos os androides, estamos no robotizando...

Viktor ergueu as sobrancelhas, surpreendido pela afirmação da engenheira.

— Eu não havia pensado por este ângulo... — ele disse, encarando Lins.

— E o pior — a engenheira prosseguiu, desanimada. — é que o gesto mais humano deste filme é feito por um replicante...

7Filme lançado em 1982, no qual Harrison Ford interpreta um policial encarregado de eliminar androides que se rebelaram contra seus criadores.

A jovem abaixou os olhos e alguns instantes de silêncio se passaram, sem que qualquer um dos dois conseguisse retomar a conversa.

— Bem... — o médico disse, finalmente. — Vou assistir ao seu filme... Depois, se você quiser, poderemos trocar nossas impressões sobre as obras... O que acha?

— Acho ótimo. — a engenheira respondeu, com um pouco mais de entusiasmo do que desejava demonstrar. — Creio que será uma boa maneira de passar o tempo...

— Certamente. — Viktor falou, dando uma rápida piscadinha para Eva.

Pressentindo que seu rosto começava a se ruborizar, a engenheira se virou rapidamente. O médico permaneceu onde estava e a observou caminhar pelo corredor até que ela desapareceu atrás de uma porta.

Aqueles estavam sendo os melhores dias de Eva na Estação Éden e a presença de Viktor – indubitavelmente – era o principal motivo. Tudo começou com as trocas diárias de impressões que eles travavam sobre as obras culturais – produzidas nos séculos vinte e vinte e um – que tinham em mãos. Ao médico, Lins indicou vozes femininas marcantes. Werther, por sua vez, apresentou à engenheira bandas de rock alternativo. Com o tempo, tornou-se hábito entre os dois o envio de trechos de letras das canções, para que um soubesse o que o outro estava ouvindo em determinado instante. Tal costume gerava uma agradável sensação em Eva, que lia avidamente os excertos das letras enviadas por Viktor e imaginava se ele as utilizava para tentar passar alguma mensagem subliminar, uma estratégia que ela própria empregava, ainda que de forma bastante discreta.

Além da música, haviam as trocas de recomendação de livros – domínio de Werther – e filmes, campo em que Lins era especialista. Tudo aquilo era motivo para intensos intercâmbios de mensagens e – sem perceber – a engenheira se via teclando com o médico até altas horas da noite, algo que seria inimaginável poucos dias atrás. Como também era impensável sua presença diária na academia do complexo, após descobrir o horário em que ele regularmente fazia seus exercícios físicos.

Além das conversas e da mudança de hábito, Eva fizera algo inédito: vasculhou o perfil do médico nas redes sociais, com o objetivo de saber algo mais sobre o passado dele. Após suas buscas por informações, Lins descobriu que Werther tinha 30 anos – dois a mais que ela – e nascera na Alemanha. A ficha acadêmica ostentava uma sólida formação, sempre nas melhores escolas do planeta Terra. Já as fotos revelavam muito pouco: apenas algumas fotografias tiradas com os pais e outras com colegas de classe. Para alívio da engenheira, ela não encontrou nenhuma foto recente com mulheres. O próprio histórico de relacionamentos de Viktor indicava que ele não se envolvia em um namoro sério há cerca de cinco anos, um espaço de tempo semelhante ao de Lins.

Subitamente, a engenheira percebeu – numa manhã em que aguardava seu exame médico bimestral obrigatório – que estava apaixonada. Após o hiato de quatro anos desde o traumático fim de seu último relacionamento, ela sentia novamente vontade de estar perto de alguém, o tanto quanto fosse possível. E, quando não estava próxima deste alguém, emergia o desejo de vê-lo o quanto antes; ou escutar sua voz; ou – pelo menos – ler uma mensagem digitada por ele. O médico não possuía nenhum predicado físico acima do normal: não possuía um corpo muito atlético, não era muito bonito, não possuía um apelo sexual. Ele era, na verdade, um homem absolutamente comum. Todavia, a educação, a cultura, a sensibilidade e o trato gentil haviam se provado muito atraentes e acabaram por conquistá-la.

Algumas questões, porém, emergiram daquela epifania e inquietavam a engenheira: seria o sentimento recíproco? Valeria a pena se declarar ao médico? O que aconteceria se ele a rejeitasse? Se Viktor lhe desse uma resposta negativa, os quase três anos que ainda lhe restavam na estação seriam sofríveis e insuportáveis. Seria melhor sufocar sua paixão e esperar que ele emitisse algum sinal de que também estava interessado? E se ele não se manifestasse? Não seria cada dia a mais represando seus sentimentos um dia a menos não aproveitado em caso de uma aceitação por parte de Werther?

O que ela deveria fazer? Lins voltou, inadvertidamente, a prestar atenção no áudio que saía de seus fones de ouvido e que suas divagações a fizeram, de forma inconsciente, ignorar por um bom tempo. Beth Orton – com sua voz inconfundível e carregada de emoção – cantava: *"Eu desejo cheirar você / Sentir você por dentro / Eu preciso de você perto de mim / Apenas o toque da sua pele."* [8]

Seria aquilo um presságio, uma resposta? Estaria a cantora inglesa cantando para ela? Aqueles sentimentos e dúvidas que tumultuavam a mente de Lins se evanesceram quando Viktor, de forma abrupta, abriu a porta do consultório. O médico vestia o mesmo uniforme de ocasiões anteriores: um sobretudo branco por cima de uma camisa e calças da mesma cor. Todavia, para Eva, ele parecia mais elegante.

— Senhorita Lins, por favor. — cumprimentou ele, estendendo o braço em direção ao interior do consultório e convidando a engenheira a entrar.

Eva se levantou, tentando esconder sua ansiedade. No entanto, a sensação de rubor que lhe queimava o rosto e o modo atabalhoado com que adentrou o recinto em nada colaboraram.

— Está tudo bem? — Werther perguntou, se ajeitando do outro lado da mesa. — Você parece tensa.

---

8 Tradução livre de trecho da letra da música *"Where Do You Go?"*, presente no álbum *"SuperPinkyMandy"*, lançado em 1993 pela cantora britânica Beth Orton

— Eu fico um pouco ansiosa nos dias de exame obrigatório. — Lins mentiu, tentando disfarçar os sentimentos que a agitavam internamente.

Viktor assentiu com um menear de cabeça pouco assertivo e conduziu Eva até a máquina de diagnóstico. Como nas vezes anteriores, todo o procedimento foi bastante rápido. Uma vez terminado o exame, Lins sentou-se na cadeira colocada à frente da pequena mesa de trabalho do médico, enquanto ele analisava os resultados num *tablet*.

— Seus batimentos cardíacos estavam mais acelerados do que da última vez, Eva. — ele anunciou, colocando o dispositivo sobre a mesa e oferecendo seu simpático sorriso para a engenheira. — Certamente, estão assim por causa da sua ansiedade. Todavia, não há razão para se preocupar: seus níveis de glicose melhoraram muito e os demais indicadores estão ótimos. Sua saúde está em perfeito estado!

— É uma excelente notícia. — Lins falou, sentindo a voz falhar um pouco.

Um incômodo silêncio se fez no consultório. A engenheira sabia que aquele era o momento de se levantar e partir, mas desejava ficar mais alguns instantes na companhia de Werther. Aquele impulso era reforçado pelo próprio comportamento de Viktor, que permanecia imóvel diante dela. Eva procurava – desesperadamente – alguma coisa para comentar e estender sua permanência, mas seu cérebro não era capaz de lhe oferecer nada que não fosse a declaração de sua paixão pelo médico.

— Gostei bastante de *Ela*[9]. — falou Werther, enfim. — Achei muito sensível e comovente. E fiquei imaginando se existe alguém tão solitário a ponto de se apaixonar por uma máquina.

Por um instante, a engenheira ponderou – caso Viktor não tivesse chegado à Estação Éden – se ela estaria se sentindo abandonada o bastante para se sentir atraída por Roy, na hipótese de que o androide fosse capaz de demonstrar algum tipo de sentimento humano. Robôs programados para proporcionar prazer já eram fabricados há algumas décadas, mas se limitavam a executar os movimentos típicos do coito, na velocidade e na intensidade definidas pelo usuário. Por maiores que fossem os esforços das mais brilhantes mentes terráqueas e os avanços na área de Inteligência Artificial, o amor permanecia como o Santo Graal da Robótica.

— Não sei como eu reagiria se encontrasse um androide capaz de me amar. — afirmou Eva, vocalizando seus pensamentos.

— Por que não? — perguntou o médico, demonstrando curiosidade. — Seria o receio de sofrer algum tipo de preconceito por parte dos outros humanos?

— Não sei explicar. — ela disse. — De certo modo, os homens que conheci não diferiam muito dos robôs quando o assunto é sensibilidade e amor. Na verdade, eu considero que as máquinas possuem uma ampla vantagem em comparação com os

9Filme lançado de 2014, no qual Theodore Twombly – um escritor solitário interpretado por Joaquin Phoenix – se apaixona por Samantha – um sistema operacional cuja voz é interpretada por Scarlett Johansson.

humanos, pois você sabe exatamente como agirão. Elas não criam falsas expectativas em você.

Viktor meneou a cabeça positivamente, mas seu semblante tornou-se um pouco mais sério. A engenheira ficou com a impressão que sua observação desenterrara alguma lembrança pouco agradável.

— Sou obrigado a concordar com você. — ele disse, desviando o olhar. — A previsibilidade do comportamento dos robôs é algo deveras reconfortante. Entediante em algumas situações, é verdade, mas reconfortante na maioria das vezes.

Eva ponderou se o médico, assim como ela, havia escolhido a Estação Éden como o lugar para concretizar seu exílio sentimental. Teria ele procurado o isolamento numa das luas de Júpiter na esperança de curar um coração machucado? Ou aquela impressão que ela tivera era apenas seu estado psicológico se projetando nas palavras de Viktor, tentando dotar as palavras dele com o significado que ela desejava que fosse verdade?

— Você seria capaz de amar uma androide, doutor? — ela deixou a pergunta escapar.

Os olhos de Werther, que outrora estavam evitando encarar Lins, se fixaram sobre ela. O médico – que pareceu ter ficado um pouco surpreso com a indagação – ficou alguns instantes pensando.

— Se eu encontrasse uma androide capaz de me completar, de me fazer sentir-me amado, sim. Não me importaria de amar um software que me oferecesse a mesma empatia e o conforto emocional que uma companheira de carne e osso me daria. Obviamente, desde que ela fosse antropomorfa. Eu não conseguiria amar um sistema operacional, como Theodore fez no filme.

— Entendo. — afirmou a engenheira.

Viktor se ajeitou na cadeira e projetou o torso sobre a mesa, de modo a ficar mais próximo de Eva. Como ela gostaria de ter a coragem de se levantar e beijar aqueles lábios que estavam tão perto dos seus. Como gostaria de se abrir e revelar o que estava sentindo, de libertar aquela sensação de incompletude que a inquietava.

— Na sua opinião de especialista em robôs, ainda estamos muito longe disto? — perguntou Werther, olhando fundo nos olhos da engenheira. — Estamos distantes de androides capazes de amar?

— Em termos visuais, estruturais e fisiológicos, os OmniDroid-35 são uma cópia perfeita do *homo sapiens.* — ela respondeu, recuando na cadeira sem perceber. — A olho nu, não há como distinguir um androide deste modelo de um humano, a não ser por um pequeno número serial impresso em seu pulso esquerdo. Eles comem e bebem como uma pessoa normal, e obtém a energia que precisam para funcionar a partir dos alimentos e bebidas que ingerem.

— Eles usam o banheiro, então? — ele interrompeu.

— Sim. — Lins respondeu, se sentindo um pouco mais à vontade por discorrer sobre um assunto que dominava. — Não na mesma frequência de um humano autêntico, porque o aparelho digestor deles é diversas vezes mais eficiente que o nosso e gera menos excrementos.

A feição de Viktor foi tomada pela curiosidade e se abriu novamente. Aparentemente, ele estava gostando do assunto. A engenheira aproveitou-se disto para prolongar a conversa.

— E antes que você pergunte, eles expelem seus dejetos do mesmo modo que nós. — a engenheira falou.

Um sorriso malicioso brotou no rosto do médico.

— Quer dizer que seu amigo Roy tem um pênis? — Werther questionou, se divertindo com a pergunta.

— Sim. — Eva respondeu, sentindo o rubor retornando-lhe à face. — Mas com funções meramente de excreção. Ele não é capaz de ter uma ereção, se é o que você quer realmente saber. Somente os autômatos usados para proporcionar prazer possuem esta capacidade. Embora consiga conversar sobre um número ilimitado de assuntos, Roy foi programado exclusivamente para trabalhar na manutenção de outras máquinas.

— Muito interessante. — comentou o médico. — Mas ele pode ser reprogramado para ser um acompanhante?

Lins ponderava se Viktor também estava buscando maneiras de prolongar o diálogo. Estaria ele, do mesmo modo que a engenheira, estudando sua interlocutora à procura de sinais que indicassem que a conversa poderia avançar para uma direção mais íntima?

— Sim, pode. — ela respondeu. — Os OmniDroids podem executar um amplo espectro de funções especializadas. Para tanto, é necessário apenas fazer o *upload* dos módulos especialistas em seu sistema neural. Porém, como os demais robôs, são incapazes de emular os sentimentos humanos de forma genuína. Ainda não conseguimos desenvolver o algoritmo que os permita amar, odiar, se alegrar ou se entristecer de uma maneira "orgânica", digamos assim.

— Já li alguns artigos científicos especulando que nós somos, no fim das contas, resultado de um intrincado algoritmo genético. — afirmou Viktor. — Talvez não sejamos tão diferentes dos androides, afinal.

— Talvez sejamos mais parecidos do que imaginamos. — Lins ponderou. — A diferença é que nosso algoritmo foi refinado ao longo de bilhões de anos de evolução. E nós já queremos replicá-lo nos autômatos, mesmo com menos de duzentos anos de pesquisa.

— Resumindo: ainda estamos longe de robôs sentimentais? — insistiu Werther.

— Bem longe, eu diria. — a engenheira respondeu. — Não consigo enxergar qualquer tipo de lógica computacional em sentimentos como amor, ódio e medo. Transformar isto em um *software* que consiga emular tais sentimentos me parece muito mais complexo do que se imagina.

O médico deu um profundo suspiro.

— Pelo visto, terei de pegar o dinheiro que estava guardando para comprar minha companheira robótica e gastá-lo com outra coisa, não?

"Seria aquela pergunta uma deixa? Seria aquele o momento de se declarar?"

— Certamente. — falou Eva. — E tentar encontrar uma namorada de carne e osso.

Assim que percebeu o pouco tato de suas palavras, Lins se admoestou mentalmente. Ao mesmo tempo, ela sentiu seu rosto se ruborizando. A verdade era que a engenheira não sabia como agir naquela situação. Cinco anos já haviam decorrido desde o fim de seu último relacionamento e ela se esquecera das minúcias da arte do flerte, que ela nunca chegara a dominar. Na verdade, a esperança da roboticista era que Viktor fizesse o primeiro movimento.

— Eu gostaria que existisse um algoritmo para isso. — ele afirmou, em tom melancólico. — Tudo ficaria mais fácil, não?

— Como falei, ainda estamos longe de conseguir desenvolver um *software* que consiga replicar o amor. — ela retrucou. — E, pensando bem, talvez é melhor que seja assim. Se nossos sentimentos fossem tão previsíveis quanto um algoritmo, não seríamos humanos no fim das contas...

— Você tem razão. É a imprevisibilidade que nos torna uma espécie única.

Eva concordou, meneando a cabeça. De modo inesperado, o médico sorriu, como se tivesse se lembrado de algum episódio engraçado. A engenheira contraiu o semblante, curiosa.

— O que foi? — perguntou.

— Olhe para nós: estamos a milhões de quilômetros de distância da Terra, discutindo sobre o pênis de um androide. Não sei se é cômico ou trágico.

Lins gostaria de conversar sobre outros assuntos ou – melhor ainda – fazer algo mais *animado*. Todavia, os sinais emitidos por Viktor era muito difusos. Como não queria arriscar um movimento em falso, a engenheira preferiu ficar calada. Uma vez que o médico também se silenciou, Lins se levantou, desajeitadamente, e caminhou em direção à porta do consultório. Enquanto fazia o curto trajeto, ela esperava ouvir Werther chamar seu nome.

Obviamente, Viktor ficou calado, deixando-a sem alternativa a não ser abrir a porta do recinto.

— Bem, vejo você na academia amanhã, então. — Eva se despediu, com metade do corpo já do lado de fora da sala.

— Claro. No mesmo horário?

— Sim.

— Ótimo! Tenha um bom dia!

Frustrada, pela sua inibição e pela falta de iniciativa de Werther, Lins saiu do consultório e retornou à oficina. Roy a esperava, com sua voz monocórdica e seu rosto sem expressão.

05/05/2187

Eva Lins mudara desde a chegada de Viktor Werther, mas outras coisas haviam se alterado na Estação Éden naquele ano. Uma das mudanças, em especial, divertia a engenheira: o fato de que Marta Laurentys – que outrora recebia total atenção tanto do médico Harley Guedes quanto do piloto Guilherme Freitas –, mesmo com seu *sex appeal*, suas roupas insinuantes e seu corpo escultural, havia sido definitivamente destronada pela beleza natural e despojada de Rachel Almeida. A queda da responsável pelos sistemas de liquefação se mostrava ainda mais notória na academia da estação. Anteriormente, Freitas procurava estar sempre próximo de Marta enquanto ela fazia sua rotina de exercícios – como um lobo faminto espreitando um rebanho de ovelhas –, observando lascivamente cada ângulo e reentrância expostos por Laurentys. Agora, o piloto dedicava sua atenção exclusivamente à supervisora de processos, enquanto Marta fazia seus exercícios sem ser importunada. Uma vez que Viktor também não demonstrava qualquer interesse por Laurentys e preferia a companhia da roboticista, a especialista em líquidos havia perdido bastante do brilho de dias passados e tornara-se deveras introspectiva. Eva tinha consciência de que aquilo era cruel, mas ver a drástica mudança na situação da pessoa que até pouco tempo esnobava de sua aparência causava-lhe um prazeroso sentimento de vingança.

Diante da impassibilidade de Werther e de seu receio de ser rejeitada por ele, Lins decidira não externar seus sentimentos. As conversas na academia, as trocas de mensagens até altas horas, o intercâmbio de livros, filmes e músicas continuavam, o que somente aumentava a aflição da engenheira. Todavia, em momento algum, o médico lhe oferecera um sinal definitivamente concreto de que também estava interessado nela. Os dias se passavam e Eva se perguntava até quando conseguiria manter aquela situação.

Na manhã daquele dia, enquanto tentava administrar seus sentimentos, a engenheira caminhava numa das esteiras da academia da estação tendo o médico ao seu lado. Os dois conversavam sobre trivialidades quando Guilherme Freitas irrompeu, visivelmente alterado.

— Você sabia, seu desgraçado! — o piloto gritou, apontando o dedo e caminhando na direção de Viktor. — Você sabia, não é? Seu desgraçado! Você sabia!

Surpreendido pela situação, Werther virou-se para tentar descobrir o motivo da ira de Guilherme. Sem tempo para reagir, o médico foi jogado ao chão por um potente soco na cara.

— Você sabia o que ela era, por isso não se aproximava dela, não é? — o piloto gritou, posicionando-se de forma ameaçadora diante de Viktor. — Você a trouxe aqui e deixou que ela me usasse como cobaia, não é? Seu desgraçado!

Werther continuava estirado no chão, com ambas as mãos sobre o nariz, que sangrava em abundância. Percebendo a intenção de Freitas de continuar com a agressão contra o médico, Lins rapidamente se entrepôs entre os dois.

— O que é isso, Guilherme? — ela indagou, tentando afastar o piloto. — Você enlouqueceu?

— Se eu fosse você, Eva, pensaria duas vezes antes de defender seu namoradinho! — Freitas gritou. — Provavelmente, ele também é uma lata e está usando você como cobaia!

O piloto tentou retirar a engenheira de seu caminho, mas – diante da resistência dela – desistiu. Mesmo assim, ainda foi capaz de cuspir no médico caído antes de sair da academia. Assim que Freitas deixou o recinto, Lins se ajoelhou diante de Viktor, que tinhas as mãos e a camiseta sujas de sangue. O nariz, ponto onde a pancada havia o atingido em cheio, estava roxo e bastante inchado. Com algum custo, a engenheira ajudou Werther a se levantar e conduziu-o para a enfermaria. Lá, com a utilização de um espelho e o auxílio de Eva, o médico habilmente limpou o ferimento e colocou um curativo sobre o local.

— O que aconteceu com Guilherme? — Viktor perguntou, sentando-se numa das cadeiras instaladas no local. — Você entendeu algo do que ele disse?

— Eu acredito que "ela" fazia referência à Rachel. — a engenheira respondeu, enquanto ocupava uma cadeira bem em frente ao médico. — E "lata", que ela é uma androide. É uma gíria depreciativa utilizada nas estações da **HidroBrás**.

— Nossa!

— De modo mais claro: Ele acha que você sabia disso. E que você também é um robô.

— Que sujeito maluco! — Werther exclamou. — De onde ele tirou tudo isso?

— Eu acho que imagino como. — falou a engenheira, o rosto se tingindo de vermelho.

O semblante do médico mudou rapidamente da dor para a consternação.

— Dias atrás, eu, Acidentalmente, me deparei com os dois se esfregando num corredor utilizado para manutenção. — Lins revelou. — É provável que ele tenha levado um pequeno choque ao tentar alcançar alguma parte mais remota da anatomia cibernética de Rachel.

— Verdade?! — o médico perguntou, esquecendo um pouco a dor e se divertindo.

— Sim. — Eva confirmou. — Para evitar que unidades não configuradas para trabalharem como modelo de prazer sejam assediadas sexualmente, as terminações dos órgãos excretores delas são eletrificadas internamente.

Viktor gargalhou tanto que seu nariz doeu. Quando conseguiu se recuperar, os olhos estavam marejados de tanto rir.

— Isso é muito divertido! — ele falou.

— O Guilherme é totalmente contra o relacionamento com androides, mesmo com modelos destinados ao prazer. — Lins falou. — Por isso, ele estava tão nervoso.

Dois dias depois do incidente na academia, a presença de todos os funcionários da Estação Éden foi requisitada na sala de reuniões adjunta ao escritório de Márcio Queiróz. No horário marcado, lá estavam Guilherme Freitas, Marta Laurentys, Eva Lins e Viktor Werther, com seu nariz devidamente coberto por um curativo especial, que acelerava a regeneração das cartilagens nasais.

O gerente da Estação Éden instalou-se à cabeceira da mesa. Freitas estava à sua esquerda, ladeado por Laurentys. Werther e Lins sentaram-se no lado direito da mesa, com duas cadeiras separando-os de Márcio. Em virtude do semblante carregado de Queiróz, ninguém se dispôs a perguntar porque Rachel Almeida estava ausente.

— Bom dia, pessoal. — Márcio cumprimentou, em tom protocolar.

Após a resposta da equipe, que foi dita de modo similar, o gerente levantou-se da cadeira e caminhou até o fundo da sala, onde um enorme logotipo da **HidroBrás** havia sido estampado. Uma vez que Márcio era usualmente comedido na comunicação com seus subordinados e averso às reuniões presenciais, aquela convocação extemporânea indicava que algo sério havia ocorrido.

— Convoquei vocês porque preciso esclarecer alguns eventos que ocorreram recentemente nesta estação. — ele falou, posicionando-se à cabeceira da mesa. — E reforçar meu papel de gestor do complexo, em todos os âmbitos.

— Com o devido respeito, Márcio, acredito que a pessoa mais intrinsecamente relacionada aos eventos ainda não chegou. — protestou Guilherme, visivelmente irritado.

— Isso também será debatido ao longo desta reunião, senhor Freitas. — retrucou Queiróz, de maneira ríspida. — No momento adequado.

A reação do gerente não agradou o piloto, que – no entanto – ajeitou-se em sua cadeira e resmungou algo ininteligível. Como os demais profissionais não se manifestaram, Márcio se sentou e pegou o *tablet* que estava sobre a mesa.

— O primeiro assunto do dia é a penalidade a qual você estará sujeito, senhor Freitas, por ter agredido um colega de estação. — anunciou Queiróz, lendo a tela do dispositivo móvel. — De acordo com o regimento interno da companhia, você será multado no valor correspondente a duas semanas de trabalho.

— Que porra é essa, Márcio? — o piloto reclamou, levantando-se de sua cadeira e apontando o dedo de forma ameaçadora para o gerente. — Isto é um absurdo! Eu fui enganado por aquela prostituta artificial e o comparsa dela!

— Sente-se, senhor Freitas! — ordenou o gestor, de modo firme. — Como é de seu conhecimento, a política disciplinar da **HidroBrás** para as estações interplanetárias é bastante rígida. Ao atacar o senhor Werther, você não apenas violou a integridade física de um companheiro de trabalho como também colocou em risco todo o complexo.

Guilherme encenou um protesto, mas um gesto de Márcio o conteve.

— Apesar de todo o maquinário que temos à nossa disposição, cada um de vocês é uma peça essencial para o bom funcionamento da Estação Éden. — o gerente prosseguiu. — Se qualquer um dos profissionais que aqui trabalham não estiver em plenas condições físicas e mentais de exercer suas funções, este complexo torna-se inoperável. Deste modo, qualquer ato que atente contra isto deve ser tratado com a maior severidade possível.

— Eu não concordo com isso! — berrou o piloto, esmurrando a mesa. — Eu fui enganado!

— Contenha-se, senhor Freitas! — Queiróz retrucou, resoluto. — Ou serei forçado a picá-lo!

"Picar" era o verbo utilizado na estação para se referir ao choque elétrico que poderia ser aplicado em funcionários insurgentes. A descarga era liberada pelo comunicador de pulso, cujo uso era obrigatório para todos os empregados da **HidroBrás**, a partir de um comando enviado pelo comunicador de algum funcionário mais graduado. A intensidade da *picada* era definida pelo superior hierárquico, podendo variar de um simples choque até descargas capazes de incapacitar temporariamente uma pessoa.

Diante da ameaça do gerente, Freitas recuou. A tensão, porém, continuava a pairar na sala. Márcio ignorou a postura pouco amigável do piloto e voltou a ler o seu *tablet*.

— Vamos falar agora sobre a situação da senhorita Rachel Almeida. — o gerente anunciou.

— Onde ela está, Márcio? — questionou Guilherme, se exaltando novamente. — Onde está aquela vagabunda artificial?

— Este é meu último aviso, senhor Freitas! — advertiu Queiróz, encarando o piloto. — Peço que você somente se manifeste se for instado!

A severidade na voz do gestor do complexo foi intensa o bastante para calar Guilherme. Os demais funcionários acompanhavam a discussão sem esboçar qualquer reação. Márcio continuou encarando Freitas por alguns instantes, para se certificar de que o piloto se manteria em silêncio. Ao perceber que não seria mais interrompido, Queiróz retomou o assunto:

— No que diz respeito à senhorita Rachel Almeida, reporto a todos que fui procurado, dois dias atrás, pelo senhor Guilherme Freitas, que me revelou sua desconfiança de que a supervisora de processos era, na realidade, uma androide. Enviei, imediatamente, à matriz da **HidroBrás** no planeta Terra, uma mensagem solicitando esclarecimentos sobre o fato. Recebi a resposta hoje pela manhã e desejo compartilhar o conteúdo da mesma com vocês.

Márcio apertou uma tecla localizada na cabeceira na mesa e o logotipo da companhia brasileira localizado no fundo da sala deu lugar a uma tela. Ato contínuo, o gestor da estação – manuseando seu *tablet* – projetou o conteúdo de seu dispositivo móvel no monitor recém-ativado. A seguinte mensagem eletrônica **HidroBrás** foi exibida e lida, em tom monocórdico, por Queiróz:

Brasília, 25 de abril de 2187

a/c Senhor Márcio D. Queiróz
Gerente Administrativo do Complexo Industrial
Éden

Em resposta a sua mensagem enviada no dia 23 de abril de 2187, requisitando mais informações sobre a senhora Rachel Almeida, informo que a citada é, na verdade, uma unidade da linha OmniDroid, série 37. Trata-se de um dos modelos experimentais fabricados pela PKD Robotics, cujo desenvolvimento tem sido mantido em rigoroso sigilo, por diversos motivos.

Eva nada disse, mas se espantou ao ouvir o número da série a qual Rachel pertencia. O salto de 35 – a linha de Roy – para 37 indicava que um considerável conjunto de avanços tecnológicos deveriam ter sido implementados.

Em virtude da sólida relação comercial mantida entre a HidroBrás e a PKD Robotics, que já estende por várias décadas, fomos procurados pela referida empresa de robótica, que manifestou a vontade de conduzir testes de campo de sua nova linha de autômatos em um ambiente restrito

e altamente controlado. Uma vez que a PKD Robotics vem, ao longo dos anos, oferecendo todo o suporte necessário para nossas operações, não só na Terra, mas em todas as nossas estações espalhadas pelo Sistema Solar, decidimos colaborar com o experimento. Por questões logísticas, ficou decidido que o teste seria conduzido no complexo por você administrado.

— Não disse que fomos usados como cobaias? — Guilherme comentou, num sussurro que foi ignorado por Márcio.

Uma vez que a série 37 representa um audacioso movimento da PKD Robotics, nos foi solicitado que a verdadeira identidade de Rachel Almeida não fosse revelada. Tal sonegação de informações se fez necessária para garantir um ambiente de testes absolutamente imaculado, de modo que a androide pudesse interagir com todos os ocupantes da estação sem enfrentar quaisquer tipos de concepções prévias que poderiam eventualmente advir dos profissionais que aí trabalham.

Por força de questões contratuais, somos impedidos de fornecer mais detalhes sobre a série

37. No momento, podemos apenas revelar que, ao contrário das demais versões da linha OmniDroid, Rachel Almeida não tem consciência de que é uma androide. Isso se fez possível porque lembranças artificiais foram implantadas em seus módulos de memória. Em decorrência disto, a referida autômata acredita que é um ser humano adulto, biologicamente concebido e com trinta e quatro anos de idade.

Aquela revelação justificava plenamente o salto de dois números da linha de Roy para a de Rachel. O assistente robótico de Lins tinha consciência de que ele era um androide e que havia saído de uma linha de produção. Na realidade, a engenheira nem sabia afirmar se a expressão "tinha consciência" era a mais tecnicamente adequada para explicar a situação do autômato. Roy sabia que era um androide e – apesar de seu cérebro artificial ter sido carregado com todos os módulos de funções especializadas necessários para que cumprisse suas atividades – não possuía quaisquer tipo de lembranças pré-instaladas. Todas as memórias que efetivamente possuía eram aquelas adquiridas após o momento em que ele se tornara operacional. O caso de Rachel, no entanto, parecia ser *muito* mais complexo.

Em decorrência da inusitada e inesperada descoberta da identidade de Rachel Almeida,

informamos que ela terá de ser colocada em estado de suspensão imediatamente, conforme protocolo que lhe foi enviado. Logo após, deverá ser efetuado o download de todos os dados armazenados pela androide, através de uma operação a ser conduzida pela senhorita Eva Lins, que – em seguida – deverá transmitir as informações para nossa base orbital de Saturno. Entrementes, solicitamos que a androide seja isolada dos demais residentes da estação, para evitar que futuras interações entre ela e os humanos sejam conspurcadas. Além disso, para impedir que quaisquer menções à série 37 sejam divulgadas – intencionalmente ou não – por qualquer um dos profissionais que trabalham neste complexo, todas as comunicações oriundas da Estação Éden estarão sujeitas à filtragem prévia por um software específico.

— Senhor Freitas, eu gostaria que você fizesse a gentileza de ler o próximo parágrafo. — disse Márcio, interrompendo sua leitura.

Surpreendido pelo pedido do gerente do complexo, Guilherme se ajeitou na cadeira e prosseguiu com a leitura da carta:

Finalmente, respondendo ao seu questionamento sobre os métodos de identificação visual dos androides OmniDroid-37, informo que as unidades pertencentes a esta série – ao contrário das versões anteriores – não possuem uma marca externa no pulso esquerdo que revele sua origem robótica. Internamente, o organismo sintético da linha 37 replica com perfeição seu par biológico a ponto de enganar inúmeros dispositivos de diagnóstico médico, mesmo no que se refere às terminações dos aparelhos excretores e dos órgãos genitais. Somente em condições bastante específicas se é capaz de detectar um autômato como Rachel Almeida a olho nu.

Ao término do parágrafo, era nítida a mudança no tom de voz do piloto. Aos demais funcionários da estação, restava imaginar como ele descobrira que Rachel era uma androide. O gerente, certamente o único que sabia a resposta para aquela dúvida, lançou um olhar desaprovador para Guilherme:

— Como vê, senhor Freitas, suas insinuações de que o senhor Werther sabia que Rachel Almeida é uma autômata são totalmente infundadas. Apenas a alta cúpula da **PKD Robotics** e da HidroBrás tinham conhecimento do assunto até este exato momento.

Como o piloto não esboçou nenhuma reação, Márcio continuou a leitura:

Certo de sua compreensão e na certeza de que todas as orientações serão estreitamente seguidas, me despeço.

Cordialmente,

Branislaw Lem
CEO, PKD Robotics

Após terminar a leitura da carta, Márcio Queiróz permaneceu calado por alguns instantes, analisando as feições de seus subordinados. O semblante de Guilherme Freitas era um misto de raiva e vergonha; Marta Laurentys estava se divertindo com a notícia, certa de que teria de volta seu posto de símbolo sexual da estação; Eva Lins estava admirada com o fato de Almeida acreditar que era uma humana de verdade; já Viktor Werther procurava entender – entre outras coisas – como não detectara que Rachel era uma autômata durante o exame bimestral de saúde.

— Senhor Freitas, além do desconto em seu salário, você estará proibido de manter contato físico com qualquer um dos outros funcionários deste complexo, por trinta dias. — anunciou o gerente-geral.

Guilherme fez menção de reclamar, mas um gesto de Queiróz o impediu.

— Caso tente encostar em alguém, você receberá uma descarga elétrica automaticamente. — prosseguiu o gestor, ignorando os resmungos do piloto. — Os demais, espero que continuem o bom trabalho. Agora, retornem aos seus postos. Exceto você, Lins.

A roboticista permaneceu sentada, enquanto os demais funcionários da estação – em silêncio – se levantaram e abandonaram o local.

— Venha comigo, Eva. — Márcio falou, caminhando na direção da porta que dava acesso ao seu escritório.

As paredes da principal sala de trabalho do gerente-geral da Estação Éden eram cobertas por *displays* que exibiam, em tempo real, estatísticas de todos os setores do complexo, da atmosfera de Júpiter e de outras estações da **Hidrobrás** espalhadas pelo Sistema Solar. Mesmo para Lins, acostumada a monitorar dados durante a maior parte de seus dias, havia informação demais ali.

O gestor atravessou o cômodo, abriu uma porta e entrou. A engenheira o seguiu e adentrou um pequeno quarto, mobiliado apenas com uma cama. Deitada sobre o móvel, encontrava-se Rachel Almeida, estática e com os olhos fechados, como se estivesse dormindo. Aquela visão surpreendeu Lins, que recuou dois passos.

— Ela está em modo de suspensão. Não se preocupe. — Queiróz informou, tranquilizando a engenheira. — O contrato da Hidrobrás com a **PKD** estipula que todos os autômatos produzidos para atuar em nossos complexos venham com um dispositivo de segurança que permita desativá-los a qualquer momento, em caso de necessidade. Assim que recebi a resposta da matriz, eu suspendi Rachel e a trouxe para cá, pois é o único local do complexo em que ela estará fora do alcance do Guilherme.

Eva balançou positivamente a cabeça e se aproximou de Rachel. Mesmo estando naquele estado de inatividade, a androide era a mulher mais bonita que a engenheira havia visto em toda a sua vida. A **PKD Robotics** havia se superado ao conseguir criar um autômato tão belo como aquele. Não era de se estranhar que Freitas tivesse se comportado do modo como se comportou: Almeida possuía uma simetria – não somente facial, mas também corporal – tão perfeita – e, ao mesmo tempo, tão natural – que era impossível não ficar admirado.

A roboticista estava tão compenetrada em sua observação da autômata que nem percebera que Márcio havia deixado momentaneamente o quarto. Sua atenção somente se desviou de Rachel quando o gerente-geral do complexo lhe entregou um *tablet*.

— Na tela inicial existe um arquivo chamado "guia.txt" com todas as instruções para efetuar a transmissão de dados para Saturno. Na pasta "Especificações", você encontrará a documentação técnica da série 37, que eu sugiro que você copie para sua pasta pessoal no servidor da estação. Estarei na sala ao lado caso precise de ajuda.

Eva assentiu com um menear de cabeça e o gerente saiu do recinto. Em seguida, abriu o arquivo de instruções e digitou os comandos que estabeleceram a conexão sem fio com a autômata e iniciaram o *download* dos dados contidos no corpo de Almeida. Aquele era um procedimento diferente em relação aos modelos da linha 35, cujas tarefas de transmissão de informação eram realizadas mediante a inserção de um cabo de dados no ouvido dos robôs. Lins já havia feito aquilo algumas vezes com Roy, quando precisava instalar um novo módulo de especialização no sistema de seu assistente.

Uma barra de progresso amarela indicava que a operação de transferência dos dados da androide para a estação em Saturno demoraria cerca de doze horas, período durante o qual Lins seria obrigada a permanecer ao lado de Rachel, para monitorar o procedimento. Após ficar cerca de quinze minutos observando o lento avançar da barra, a roboticista começou a se entediar e resolveu verificar o conteúdo da pasta "**Especificações**": lá estavam diversas subpastas nomeadas, aparentemente, pelos nomes dos modelos de robôs que trabalhavam na estação.

Eva abriu o diretório cujo nome era "**OmniDroid**" e constatou que dentro dela existiam mais subpastas, numeradas de 30 a 37. A engenheira acessou a última pasta e verificou que dentro dela haviam vários documentos técnicos sobre a série de autômatos fabricados pela **PKD Robotics**. Após fazer uma leitura rápida do sumário do documento, Lins navegou por algumas páginas de forma randômica e se deparou com inúmeros gráficos, tabelas e esquemas eletrônicos de alta complexidade. Sem disposição para digerir aquelas informações, decidiu seguir a orientação de Queiróz e copiar o conteúdo para sua pasta pessoal, incluindo – numa decisão gerada da curiosidade, a pasta da série 36. Em seguida, ao verificar que ainda faltavam – aproximadamente – onze horas para a finalização da operação de transmissão, ela decidiu se esticar no rígido piso do cômodo para descansar um pouco.

A roboticista adormeceu numa posição muito pouco confortável e somente acordou no meio da manhã seguinte, desperta por um som de notificação avisando que o procedimento de transmissão de dados havia sido concluído com sucesso. Sentindo dores na coluna, a engenheira se levantou e se esticou por alguns instantes, tentando espantar a rigidez muscular obtida durante o sono. Enquanto se alongava, contemplava o belo rosto da autômata, que descansava placidamente no leito.

— Eu não culpo Guilherme por ter tentado chegar às vias de fato com ela, pois PKD se superou desta vez. — comentou Márcio, ao entrar no cômodo. — Rachel é a mulher mais linda que já vi.

Apesar de concordar com o gestor sobre a beleza da robô, Eva preferiu se manter em silêncio. Sem querer, descobrira porque o piloto estava tão revoltado: como ela desconfiara, Freitas havia tentado copular com a androide e tomara um choque no momento da penetração.

— Os dados já foram transmitidos para nossa estação em Saturno. — Lins anunciou, esticando o braço para entregar o *tablet* para Queiróz.

— Ainda não terminamos. — ele retrucou, empurrando o dispositivo de volta para a engenheira. — Como não precisamos de uma androide com crise existencial, é preciso apagar a memória dela.

— Entendo. — Eva concordou, olhando para o semblante tranquilo da musa robótica. — É melhor que ela não se lembre de nada do que aconteceu aqui na estação.

— Vamos apagar todas as lembranças. — revelou Márcio, com firmeza. — Recebi ordens para limpar todos os módulos de memória dela e desligá-la por completo. Ela será enviada de volta para a Terra no próximo cargueiro. Aparentemente, para os gênios da PKD, não faz sentido mantê-la aqui uma vez que todos já sabem que ela é uma robô. Incluindo ela mesma.

Aquela afirmação surpreendeu Lins. Ela compreendia a necessidade de fazer com que Rachel esquecesse tudo o que acontecera durante sua estadia na Estação Éden, mas não concordava em apagar todas as lembranças que haviam sido anteriormente implantadas em seu sistema de memorização.

— Mas... — ela engenheira argumentou, tentando escolher bem as palavras. — se fizermos isso, será como matar Rachel Almeida.

Queiróz soltou uma gargalhada.

— Matar?! — questionou ele, de forma sarcástica. — Eu sei que você tem uma excêntrica empatia por estas latas, Eva, mas acho que está exagerando desta vez. Por mais humana que ela possa parecer – e ela parece bem humana, devo concordar –, Rachel nada mais é que um organismo semiorgânico comandado por um sofisticado sistema de Inteligência Artificial.

— Eu me recuso a enxergá-la desta maneira tão fria.

— Compreendo sua posição, Eva, e acho-a bastante louvável. — contemporizou o gerente-geral, percebendo que Lins ficara incomodada com sua afirmação anterior. — Sei que você desenvolveu uma relação de amizade com seu assistente Roy e que ele talvez seja seu amigo mais próximo aqui na estação. Depois do doutor Viktor, claro. — A roboticista percebeu malícia na insinuação feita por Márcio. — Mas, no fim das contas, os androides são apenas aquilo que são: meros robôs antropomorfizados.

— E a consciência que eles desenvolvem ao longo do convívio conosco, Márcio? — ela retrucou.

— Nada mais que uns e zeros tratados por um *software*, senhorita Lins. — Queiróz redarguiu. — Com um aplicativo apropriado, até uma torradeira pode ter o mesmo tipo de "consciência" de um OmniDroid.

O tom do gestor deixou claro para a engenheira que nenhum argumento poderia demovê-lo de sua visão tecnicista sobre os androides. Por isso, em vez de levantar um novo contra argumento, ela preferiu se calar. Márcio, percebendo que havia ganhado aquele breve debate, contentou-se em sorrir de forma discreta.

— O comando para apagar toda a memória está na página 42 do documento de especificações técnicas. — ele falou. — Mas acredito que você já o conheça.

— Imagino que sim. — Eva anuiu, deslizando os dedos pela tela do *tablet*. — Mas creio que é melhor conferir.

— O comando para desligar está na página seguinte. — disse Queiróz, saindo do quarto. — Assim que terminar, você pode retornar às suas atividades rotineiras.

Inconformada, mas ciente de que não possuía alternativas, Lins obedeceu às ordens de seu superior hierárquico. Evitando olhar para o corpo estático de Rachel Almeida, a engenheira digitou os dois comandos que limparam a memória da autômata e a desligaram. Em seguida, saiu do cômodo, deixou o *tablet* sobre a mesa de Márcio Queiróz e retornou – lentamente – para o setor do complexo onde trabalhava. No trajeto, tentou chorar, mas não conseguiu.

Já passava das dezenove horas e Eva ainda se encontrava em sua oficina, trabalhando. A tarefa da noite anterior havia atrasado sua rotina, de modo que a roboticista se viu forçada a estender suas horas de labor daquele dia para resolver todas as pendências que haviam se acumulado. Roy estava ao seu lado, efetuando a manutenção de robôs de coleta de hidrogênio que apresentavam avarias menos sérias.

A engenheira analisava o relatório gerado por um *software* de diagnóstico quando sentiu seu comunicador vibrar levemente três vezes, o que significava – de acordo com as configurações do dispositivo – que se tratava de uma requisição de videochamada originada por Viktor. O sono pela maldormida noite anterior e o cansaço de um intenso dia de trabalho, mesclados à insistente falta de iniciativa por parte do médico fizeram com que Lins ignorasse o aviso. Ela não estava com disposição para ler uma frase retirada de uma música, de um livro ou de um filme. Sentia-se exaurida, mental, física e psicologicamente.

O comunicador voltou a vibrar. Três, seis, nove, doze vezes. O coração de Eva pedia que ela atendesse as chamadas, mas o cérebro ordenava que continuasse ignorando-as. E se aquele fosse o momento em que o médico finalmente decidira se declarar? O que aconteceria caso ela não atendesse? Ele desistiria e se retrairia de vez em sua polida timidez? E o que aconteceria caso ela respondesse? Seria o início de uma grande paixão?

— Está tudo bem, Eva? — Roy perguntou, em seu educado tom monocórdico. — Detectei sinais de tensão em sua expressão facial.

— Estou exausta, Roy. Apenas isso.

— Por que você não descansa um pouco? — o androide sugeriu.

"Ah, Roy, se existem mais homens tão educados e atenciosos como você."

— Boa ideia. — a engenheira admitiu, levantando-se. — Este programa de diagnóstico ainda vai demorar um bom tempo analisando esta unidade de coleta. Monitore o relatório e me envie uma mensagem caso algo muito grave seja detectado, está bem?

— Sim, Eva. — o autômato respondeu, movendo-se e tomando o lugar da roboticista diante do monitor. — Tenha uma boa noite de descanso!

Lins sorriu para o rosto sem expressão de Roy e até considerou a ideia de beijar-lhe a face. Todavia, percebeu que aquele seria um ato de extrema baixa estima e decidiu apenas dar um tapinha no ombro do autômato.

— Boa noite, Roy. Vejo você amanhã.

No caminho até sua cabine, Eva sentiu seu comunicador vibrar outras seis vezes. Contudo, ela havia decidido que ignoraria Werther pelo resto da noite. Sua dignidade merecia aquele ato de assertividade, embora seu coração desejasse ardentemente ouvir a voz do médico.

* * *

"Mais um dia desaparece / E meu coração afunda com o sol. / Um novo dia amanhecendo / E um novo dia ainda não começou."[10]

— Ah, Beth Orton, como você consegue ser cruel de forma tão sublime! — a roboticista disse para si mesma.

A bela voz da cantora inglesa se espalhava pela cabine e invadia o banheiro, onde os versos ecoavam dolorosamente na cabeça de Eva, que tomava um bom e necessário banho quente. Enquanto a água lhe molhava o corpo cansado, Lins sentia um sentimento contraditório lhe invadindo: por que uma parte de si queria ignorar Viktor Werther e outra desejava – de maneira tão exasperada – conversar com o médico? Não era aquela solidão voluntária, num complexo industrial distante do planeta Terra, o que ela procurava quando se candidatou para um posto na Estação Éden? Não seria a companhia de autômatos mais do que suficiente? Os homens de carne e osso já não a haviam machucado demais?

"Quando sentir algo real / Me avise, me mostre / Eu poderia ser seu amor / Deixe acontecer"[11]

— Por favor, Beth! — Eva implorou para as caixas de som embutidas no teto do cômodo. — Não me faça isso!

10Tradução livre de trecho da letra da música *"Sweetest Decline"*, presente no álbum *"Central Reservation"*, lançado em 1999 pela cantora inglesa Beth Orton
11Tradução livre de trecho da letra da música *"Ted's Waltz"*, presente no álbum *"Daybreaker"*, lançado em 2002 pela cantora inglesa Beth Orton

"E desde que te conheci / Encontrei o amor que perdi / Parece com você"[12]

— Assim já é demais!

A roboticista decidiu interromper a música e ter apenas o som do chuveiro como conselheiro. E, por alguns bons minutos, Lins ficou imóvel, com os olhos fechados, escutando o barulho da água quente escorrendo por seu corpo e sentindo o efeito relaxante do banho. Mergulhada na escuridão de seus pensamentos, ela procurava discernir o que faria quando saísse do banheiro: se deitaria e tentaria dormir, sem responder a Viktor; ou ligaria para o médico para verificar qual era o motivo de tantas chamadas. Era em situações como aquela que a engenheira desejava ser como os robôs que consertava e já ter uma ação previamente programada. Seria muito mais fácil seguir uma lista de comandos do que ter que decidir entre os argumentos de seu cérebro e os de seu coração.

O banho se estendeu por muitos mais minutos que o esperado e, quando Eva abriu a porta do minúsculo banheiro, o vapor da água se espalhou rapidamente pela cabine, formando um pequeno nevoeiro que dominou o cômodo por um instante. Quando a fumaça se dissipou, a engenheira vistoriou os monitores que exibiam dados da sala de manutenção e constatou que tudo estava em ordem, o que significava que ela poderia descansar despreocupada quanto àquele assunto.

---

12 Tradução livre de trecho da letra da música *"Ted's Waltz"*, presente no álbum *"Daybreaker"*, lançado em 2002 pela cantora inglesa Beth Orton

Havia, porém, as diversas notificações de chamadas não atendidas que seu comunicador exibia. Werther não tentara fazer contato depois que Eva retornara a sua cabine, mas o número sete – que representava quantas tentativas o médico fizera – continuava piscando, insistentemente, no *display* do pequeno dispositivo de pulso. Ela precisava fazer alguma coisa. Ou não. Talvez o melhor a fazer era ter uma boa noite de sono e relaxar. Com a mente e o corpo descansados, seria mais fácil pensar sobre o como proceder em relação a Viktor.

Aquela parecia uma boa decisão e Lins resolveu segui-la. Pegou, então, sua calça de moletom mais surrada, um folgado camisão e meias tão relaxadas que comportariam o triplo de sua capacidade original. As vestes lhe davam uma aparência de total desleixo, mas eram as mais confortáveis que possuía e era o que importava naquele instante.

A roboticista estava preparando um copo de café quando a campainha de sua cabine soou. Num primeiro momento, pensou que era Roy, o autômato, vindo à sua procura para relatar algum problema grave na manutenção. Contudo, ao se aproximar da porta, verificou – no *display* da câmera que filmava quem estava do outro lado – que se tratava de Viktor Werther.

Assim que visualizou o rosto médico, a engenheira sentiu todas as resoluções que tomara anteriormente se dissolverem, dando lugar a uma dúvida atroz: o que fazer? Viktor estava do outro lado do pórtico, a um simples pressionar de botão. O que ele queria, àquela hora da noite?

De forma súbita, as palavras de Beth Orton voltaram à mente da roboticista: *"Quando sentir algo real / Me avise, me mostre / Eu poderia ser seu amor / Deixe acontecer"*. Para quem a britânica cantava: para Eva? Para Viktor? Para ambos?

A campainha soou de novo.

— Eva? — o médico disse, a voz abafada pela estrutura de metal que os separava. — Você está aí? Está tudo bem?

A primeira pergunta era meramente retórica, uma vez que todas as cabines do complexo emitiam um sinal luminoso verde sobre as portas quando os ocupantes se encontravam dentro dos cômodos. A segunda também era, visto que, sendo o médico da Estação Éden, Viktor receberia – em tempo real – uma notificação em seu comunicador de pulso caso alguém da equipe da **Hidrobrás** esteve com algum problema de saúde. Os questionamentos eram apenas pretextos para se dirigir até o local onde Eva dormia.

— Tentei contatá-la diversas vezes e não obtive resposta. — Werther continuou. — Fiquei preocupado.

"E desde que te conheci / Encontrei o amor que perdi / Parece com você."

Paralisada diante da porta, Lins sentia seu coração acelerar. Ali estava ela, a milhões de quilômetros de distância de seu planeta natal – numa tola tentativa de se isolar de parte da humanidade e tentar esquecer o sofrimento que uma relação amorosa lhe causara –, se perguntando se valeria a pena se arriscar mais uma vez.

— Eva, está tudo bem? — ele insistiu, cada palavra ruindo um pouco mais a precária muralha de autoproteção que a engenheira insistia em defender. — Preciso saber uma coisa...

Aquela frase fez com que, sem perceber, a roboticista apertasse a tecla que abria a porta da cabine. O metal deslizou suavemente para a direita – emitindo um breve ruído – e Lins se viu frente a frente com o médico. Ele tinha o semblante apreensivo e esfregava as mãos de maneira frenética.

— Onde você esteve o dia todo? — Werther perguntou, inquieto. — Por que não atendeu minhas chamadas?

— Foi um longo dia, Viktor. Tinha muitas coisas a fazer. Desculpe.

— Tudo bem. — ele falou, se acalmando. — Eu deveria ter imaginado que você estava bastante ocupada.

O médico observou os desleixados trajes de Eva e sorriu. Constrangida, ela se encolheu e tentou cobrir o surrado camisão com os braços.

— Eu estava pronta para dormir. — reclamou. — Não estava esperando visitas.

— Posso voltar amanhã, então.

— Não! — Lins falou, com mais veemência do que desejava, o que fez seu rosto corar. — Quer dizer, eu estava pronta para dormir, mas posso conversar um pouco com você... Entre.

Werther adentrou a cabine da engenheira e se sentou numa cadeira. Eva fechou a porta, moveu um assento para perto do médico e sentou-se diante dele.

— O que você precisa saber, Viktor?

— Não sei como perguntar isso sem ficar constrangido, Eva... — ele falou, buscando as palavras com dificuldade.

Werther fez uma pausa e encarou a roboticista. Ela sentiu o coração acelerar outra vez, na expectativa de ouvir a pergunta que esperava ouvir desde o dia em que conheceu o médico. Havia ele, finalmente, vencido a timidez?

— Pergunte. — ela falou, mal conseguindo conter-se na cadeira.

— Sei que não é um assunto de minha alçada, mas gostaria de saber como foi o procedimento com Rachel... — ele disse, envergonhado.

Ao ouvir aquilo, a engenheira desmanchou-se no assento: as palavras do médico caíram sobre ela como um balde de água gelada. Todas aquelas chamadas eram somente para aquilo? Ele não estava com saudades dela? Não queria ouvir sua voz?

— O que exatamente você quer saber? — perguntou Lins, sem se preocupar em esconder o desânimo.

— Como Rachel está? Como está se sentindo?

— Eu não cheguei a conversar com ela, pois ela estava em estado de suspensão quando a encontrei. Mas acredito que está em paz agora, onde quer que esteja.

— Em paz onde quer que esteja?! — Werther estranhou. — Ela não está mais na estação?

— Seu corpo está. — a roboticista respondeu, melancolicamente. — Mas fui forçada a apagar todas as suas memórias e depois desligá-la por completo. Tudo aquilo que ela sabia e vivenciou foi enviado para a estação de Saturno. Toda a existência de Rachel Almeida foi reduzida a um amontoado de *bytes*. A experiência sociológica da PKD não permitia que sua androide descobrisse o ela realmente era.

O médico se mexeu na cadeira como se houvesse espinhos no assento. Eva percebeu que ele ficara visivelmente incomodado com a resposta que ouvira. Um longo minuto de silêncio se passou até que Viktor perguntou:

— Então, você não sabe como o piloto descobriu que Rachel era uma androide?

— Na verdade, Márcio me revelou, meio que inadvertidamente. Pelo que pude presumir, Guilherme tentou transar com ela e tomou um choque elétrico. Ela não estava programada para manter relações sexuais e ele descobriu isso da maneira mais desagradável.

— Entendi. — Werther disse, desanimado. — Então, não existe mesmo uma maneira de reconhecer um OmniDroid-37 a olho nu, não é?

— Eu, sinceramente, não sei.

Aquele comportamento errático do médico incomodava a engenheira, que não conseguia entender a curiosidade repentina dele. O que havia acontecido? O que ele estava escondendo?

— Você nunca demonstrou interesse em Rachel antes, Viktor. O que mudou? — a roboticista questionou. — Você já sabia que ela era uma androide? Ou tentou fazer o mesmo que Guilherme durante o período em que viajou com ela da Terra para cá?

O semblante do médico mudou do desânimo para a surpresa; seu rosto se ruborizou.

— Você flertou com Rachel Almeida antes de vir para cá? — Eva insistiu, percebendo que havia encontrado um veio que podia ser explorado. — Tentou ficar com ela sem desconfiar que se tratava de uma autômata?

— Confesso que me senti atraído pela beleza dela e tentei me aproximar. — Werther admitiu, o rosto mais e mais vermelho. — Afinal, éramos apenas seis tripulantes humanos no interior daquele cargueiro gigante, numa viagem de um ano de duração. Mesmo com os meus livros, houve momentos em que não havia muito o que se fazer por lá...

O médico encarou a engenheira em busca de aprovação, mas encontrou somente frieza nos olhos de sua interlocutora.

— Acho que não posso me sentir envergonhado por isso, não? — ele insistiu.

— Creio que não. — Lins teve de concordar, mesmo a contragosto. Afinal, ela própria ficara deslumbrada com a beleza etérea de Rachel Almeida.

— Mas nada aconteceu. — Viktor revelou, envergonhado. — Parece que eu não era o tipo dela. Ela me rejeitou da forma mais polida que se possa imaginar e eu me recolhi à minha insignificância até o final de nosso percurso.

A roboticista deu de ombros.

— Você ainda não respondeu minha pergunta. — ela voltou à carga. — Você realmente não sabia, nem mesmo desconfiou, que Rachel era uma androide?

— Eu estaria aqui lhe perguntando isso caso soubesse, Eva?! — ele redarguiu, indignado. — Durante nossa viagem para cá, ela passou pela máquina de diagnóstico do meu consultório seis vezes e o aparelho não indicou nada de anormal. A PKD conseguiu criar uma robô que é uma cópia fisiologicamente perfeita de um organismo humano. Como eu poderia saber?

— Mas o que mudaria se eu soubesse? — a engenheira retrucou. — Por que você precisa tanto descobrir como se identifica um OmniDroid-37 sem o emprego de equipamentos específicos?

Aquela era outra pergunta que Werther não esperava. Ele hesitou em responder, o que ofereceu a Lins tempo para refletir sobre o seu próprio questionamento. Outra epifania, então, acometeu a engenheira. Subitamente, tudo ficou muito claro, inclusive o comportamento dúbio do médico em relação a ela.

— Você acha que eu sou uma androide, Viktor? — Lins inquiriu, se levantando da cadeira e se afastando dele. — Por isso tem sido tão evasivo? Por isso tem tanta curiosidade sobre Rachel?

— Não é isso, Ev...

— Você queria ter certeza do que sou para não acabar como o Guilherme, não é? — ela o interrompeu, a voz portando um misto de raiva e decepção. — Não queria levar um choque no momento em que eu resolvesse me entregar a você, não é?

— Eva, não é i...

— Quer ver meu pulso esquerdo e checar se não tenho um número serial escondido nele? — ela perguntou, avançando sobre o médico e esfregando rudemente a mão canhota no rosto dele. — Eu não pareço suficientemente humana para você? Ou você nunca tentou nada porque não tenho um décimo da beleza de Rachel?

Viktor tentou segurar as mãos da roboticista, mas Lins se afastou e correu para um dos cantos da cabine, onde se sentou, encolhendo as pernas e colocando a cabeça entre os joelhos. Não demorou muito para que começasse a chorar. Sem saber o que fazer, o médico permaneceu alguns instantes em paralisado.

— Eu gostaria que me ouvisse antes de tirar quaisquer conclusões, Eva. — ele falou, levantando-se da cadeira, aproximando-se com cuidado da engenheira e empregando seu tom de voz mais afável. — Deixe-me explicar o que está acontecendo e entenderá que isso nada tem a ver com você.

A roboticista não respondeu. Sua mente estava sendo revolvida por um turbilhão de pensamentos, gerados pela simples hipótese de ser uma autômata. Seria realmente possível aquilo? Seria a decepção por seu relacionamento fracassado na Terra; a paixão que achava que sentia por Viktor; a confusão mental que experimentava naquele instante; enfim, tudo aquilo que ela julgava ser impossível de ser emulado em um robô, nada mais que o produto de um software? Será que até mesmo aquela angústia que lhe apertava o peito – e que ela não sabia como colocar para fora – era apenas o resultado de cálculos binários feitos por um nanoprocessador localizado em alguma parte dela? E as memórias que carregava consigo, as lembranças da infância e da juventude? Não passavam de meros conjuntos de *bytes* armazenados nela exatamente para convencê-la de que tivera uma vida humana normal? E as lágrimas, o choro? Como era capaz de chorar, de se revoltar? Nada fazia sentido.

Viktor percebeu que Eva não sairia da posição em que se encontrava e decidiu se ajoelhar diante dela. A vontade do médico era poder tocar a roboticista e envolvê-la em seus braços, mas ele estava incerto quanto à reação dela caso fizesse aquilo. Por isso, decidiu tomar uma atitude mais cautelosa.

— Eu nunca desconfiei que você fosse uma androide, Eva. — afirmou. — E, para falar verdade, não me importaria se você fosse. O fato de eu ter sido tão contido em relação a você durante meu tempo aqui na Estação Éden advém da minha timidez e do ocorrido entre mim e Rachel na viagem.

Com extrema delicadeza, Werther pousou a mão sobre um dos joelhos da engenheira, que não reagiu. Assim como Lins, ele também se encontrava confuso, agitado por suas próprias incertezas e emoções conflitantes.

— Acho que não consigo expressar fielmente o quanto me sinto bem perto de você, ou como estes dias trocando mensagens tem sido agradáveis, Eva. Desde a primeira vez em que se consultou comigo, uma parte de mim deseja que eu abra o meu coração e diga o que sinto. Todavia, uma outra parte tem me refreado, temendo que você me repelisse como Rachel o fez, me forçando a passar o resto do meu tempo aqui evitando sua presença.

O médico colocou a outra mão no joelho da roboticista, que continuou imóvel. Por causa de sua natureza introvertida, dizer aquelas palavras demandava um esforço considerável. No entanto, quando se deu conta, Viktor descobriu que os sentimentos que ocultara ao longo daqueles dias se assemelhavam às águas represadas por um dique: uma vez libertadas, era impossível contê-las, muito menos reavê-las.

— Por diversas vezes... saí de meu consultório e comecei... a caminhar na direção... de seu alojamento com a intenção de me declarar... mas acabei sendo vencido pelo medo da rejeição... e retornei. — ele confessou, as palavras saindo de forma arrítmica, aos borbotões. — De algum modo... eu considerava que seria melhor manter minha paixão em segredo... e continuar desfrutando de sua companhia... do que me arriscar e perder tudo...

Para a aflição do médico, Eva permanecia calada e com a cabeça baixa.

— Eu não sei se conseguiria suportar ficar nesta estação sentindo o que sinto por você e sabendo que não é algo recíproco. — Werther continuou, tentando recuperar o controle sobre seus dizeres. — Por isso, eu havia preferido optar pela dúvida que me torturava em detrimento da certeza que poderia me devastar.

Aquilo soou muito familiar para a roboticista, pois era precisamente o que sentia em relação a Viktor. Ela também havia escolhido viver uma incerteza que muito pouco lhe satisfazia porque temia ser rejeitada e ser atirada dentro de um lago de sofrimento. No entanto, mesmo descobrindo que o médico também se sentia daquela forma, Lins não se animou.

— Por que você sente as mesmas coisas que eu sinto, Viktor? — ela perguntou, pondo-se de pé abruptamente e afastando-se de Werther. — Ou melhor: como você sabe o que eu sinto? Você sabe como meu algoritmo funciona? Antes de vir para cá, já sabia que eu estava programada para me apaixonar por você?

— Ignoro como você se sente, Eva. Eu havia decidido revelar os meus sentimentos, mas fomos chamados para a reunião com o Márcio...

O médico procurou os olhos da engenheira, mas ela mantinha a cabeça baixa, escondendo o rosto debaixo dos cabelos desgrenhados e molhados de lágrimas. Ele estava incerto se havia sido uma boa ideia ter se deslocado até o alojamento de Eva, mas sabia que não podia recuar.

— Após descobrir que Rachel é uma androide, não sei mais o que sinto. — ele continuou, caminhando na direção da roboticista e segurando-lhe as mãos. — Não sei mais o que sou...

Surpreendida, Lins ergueu a cabeça e o encarou.

— O que você quer dizer com isso?

— Rachel ignorava o fato de que era uma robô, Eva. Como posso ter certeza de que eu não sou? Como posso ter certeza de que não sou um androide que foi enviado para cá para fazer parte de uma experiência sociológica? Por isso quero descobrir como se identifica um OmniDroid-37. Preciso saber se eu sou um OmniDroid.

— Por que, Viktor?

— Porque preciso saber se o que sinto por você é real, Eva.

"Quando sentir algo real / Me avise, me mostre / Eu poderia ser seu amor / Deixe acontecer"

A engenheira sentiu o coração palpitar mais forte. Seu sentimento de decepção em relação ao médico esvanecia rapidamente, dando lugar à esperança.

— Se você sente, é real... — ela falou, tirando o cabelo do rosto. — Não?

— Quero dizer natural, orgânico. — Werther explicou. — Necessito descobrir se meu desejo sufocante de estar perto de você todo o tempo não é meramente uma sensação criada por um *software*.

O médico se aproximou de Lins, segurou-lhe as mãos e olhou-a nos olhos. A frieza que outrora carregavam havia desaparecido.

— Preciso saber se a alegria que me inunda cada vez que ouço sua voz ou vejo seu rosto é resultado de algo biológico e não um estímulo artificial criado por um processador. — ele continuou. — Eu preciso saber...

— Por que você precisa saber, Viktor? Por que isso importa?

— Se eu for um androide, você perderá seu tempo, Eva. Tudo o que sinto não passará de uma experiência.

— E se eu for um robô da série trinta e sete? — ela redarguiu, soltando as mãos do médico. — Será você quem desperdiçará seu tempo?

— Você não pode ser uma trinta e sete. — Werther retrucou. — A carta que Márcio recebeu deixou claro que é uma linha ainda em teste, muito recente. E você saiu da Terra há mais de três anos. Eu, por outro lado, saí junto com Rachel.

— Já trabalhei na PKD e sei que eles mantêm alguns segredos, Viktor...

O médico pegou as mãos da engenheira novamente e a trouxe para próximo de si. Ele nunca estivera tão próximo de Lins e seus olhos não conseguiam se desviar daqueles lábios que ele tão ardentemente desejava beijar.

— Não me importarei se você for uma robô, Eva. — Viktor afirmou. — E prometo que guardarei cada momento em minhas lembranças. Algo que não poderei fazer caso eu seja um autômato.

— Se você não se importa que eu seja uma trinta e sete, então a decisão de se importar se você é um robô ou não passa a ser minha, não? — ela questionou.

— Eu...

Lins interrompeu a fala de Werther colocando sua mão sobre a boca do médico.

— Acho que chegamos a um acordo... — ela falou, retirando a mão.

Viktor tomou Eva nos braços e os dois se beijaram apaixonadamente. Todas as dúvidas que atormentavam as mentes de ambos desapareceram, obliteradas pelo desejo que os consumia há tempos. Não importava mais se os seus corpos – que se esfregavam e eram explorados reciprocamente com languidez – eram genuinamente humanos ou não, nem se a lascívia que os incendiava era apenas um estímulo computacional. Eles queriam apenas libertar todas as sensações que estavam suprimindo e se entregar àquele momento tão esperado.

O médico e a engenheira terminaram a noite fazendo amor no chão do alojamento e adormeceram embalados pelo agradável som de um piano acompanhado pela apaixonada voz de Beth

Orton: *"Estou parado fora do espaço e do tempo / E estou me curando / Acreditando / Estou pronto para o sentimento da primeira vez / Algo em que posso acreditar"*[13].

---

13 Tradução livre de trecho da letra da música *"Last Leaves of Autumn"*, presente no álbum *"Sugaring Season"*, lançado em 2012 pela cantora inglesa Beth Orton

Acordar nos braços de Viktor e sentir o calor do corpo do médico foi a sensação mais prazerosa que Eva experimentou em quase cinco anos. A engenheira havia se esquecido de como era bom poder aconchegar sua cabeça no tórax de alguém e ouvir o palpitar de um coração; ou acariciar os cabelos – ainda despenteados da noite anterior – de seu parceiro; ou, ainda, sentir a mão de alguém explorando libidinosamente pelo seu corpo. No transcorrer de poucas horas, seu acanhado alojamento na Estação Éden – outrora o refúgio onde ela mergulhava em suas melancolias, dúvidas e divagações – havia se transformado no melhor lugar do universo. De bom grado, ela aceitaria permanecer congelada naquele momento para sempre.

— Por que adiei isso por tanto tempo? — Werther se perguntou, enquanto apreciava as linhas do rosto de Lins, deslizando delicadamente seu dedo indicador sobre elas. — Por que fui tão inseguro?

— Eu me fiz o mesmo questionamento agora há pouco. — revelou a roboticista, observando a luz solar que timidamente começava a raiar através da janela de sua cabine. — E acredito que ambos agimos de maneira evasiva pela mesma razão: nós sabíamos que uma rejeição tornaria o restante de nossos dias aqui praticamente insuportável. Especialmente você, que já havia passado pela experiência na sua viagem de ida para cá.

O médico não comentou, limitando-se a um longo suspiro de alívio. Em seguida, apertou a cabeça de Eva contra o seu peito e beijou-a gentilmente na testa.

— Sabe, pouco me importa se sou um robô ou não. — ele confessou. — Não me preocuparei caso o Márcio entre por aquela porta neste exato instante e diga que todas as minhas memórias serão apagadas e que eu serei desligado. Afinal, mesmo que eu seja um humano, todas as minhas lembranças também desaparecerão algum dia. É algo inevitável, não?

— Não fale assim, Viktor. Estou feliz demais para pensar nisso.

— Eu também estou, Eva. — retrucou Werther, acariciando o rosto da engenheira. — Estou muito feliz e pouco importa para mim se o que senti teve origem orgânica ou artificial. Caso eu seja um androide, me considero o mais humano dentre eles; caso contrário, sou o mais feliz dos homens, porque estou aqui com você.

Embora ambos estivessem nus, Lins sentiu seu rosto ruborizar. Se o médico ainda tinha alguma dúvida sobre sua natureza, ela estava certa de que não era uma androide: as sensações que vivenciara durante a noite anterior haviam sido intensas demais para serem parte de uma emulação criada por um *software*. Como roboticista, ela sabia que ainda havia um longo caminho a ser percorrido para que autômatos sentissem o que ela sentiu e sentia. Na verdade, estando ali, deitada ao lado de Viktor e experimentando os doces efeitos colaterais de uma noite de paixão, Eva começava a desconfiar de que – nem mesmo em dois mil anos de pesquisa – a Robótica nunca conseguiria replicar aquelas nuances tão ímpares que faziam dos humanos uma espécie única.

Os dois permaneceram deitados por mais alguns minutos, até que uma mensagem enviada por Roy relembrou Eva de que ainda havia trabalho a ser feito na oficina. Viktor se vestiu e retornou para seu alojamento, que ficava perto do consultório principal da estação. Quando veio a noite, encontraram-se novamente na cabine da engenheira e dormiram juntos, mais uma vez.

31/05/2187

Aquele era o primeiro exame bimestral realizado por Eva desde que ela e Viktor estavam juntos, sendo que a única diferença para as consultas anteriores foi o fato de que o médico a recebeu com um carinhoso beijo. De forma jocosa, Werther comentou que todos os indicadores de saúde da roboticista haviam melhorado, provavelmente em razão da paixão que a dominava. Ela respondeu à troça com um falso sorriso sarcástico, se atirou nos braços do médico e o beijou novamente. Ambos experimentavam um sentimento de felicidade tão genuíno e leve que se sentiam capazes de rir praticamente de qualquer coisa.

— Vejo você em dois meses, senhorita Lins. — falou ele, tentando parecer sério.

— Até logo mais. — ela disse, também em tom de brincadeira.

A engenheira estava prestes a sair do consultório quando notou um grosso livro depositado numa pequena mesa de canto do recinto. O volume apresentava sinais inequívocos de que se tratava de um exemplar antigo: suas páginas, que originalmente eram brancas, estavam amareladas; a encadernação exaurida; inúmeras folhas bastante desgastadas. Todavia, o que chamou a atenção de Eva foi a ilustração que estampava a capa da obra: um anjo – carregando uma espada à cintura – se esforçando para não ser engolido por um lago de fogo e fumaça. Atraída por aquele desenho dramático, Eva se abaixou e pegou o livro.

— Paraíso perdido. — a roboticista leu, com dificuldade, o título quase totalmente apagado. — Do que se trata?

— É um poema que conta uma versão épica dos primeiros capítulos do livro bíblico do Gênesis. — Werther explicou, se animando. — De forma extremamente resumida, ele narra a queda de Lúcifer, a criação do Homem por Deus, como Adão e Eva foram enganados por Satã e expulsos do Éden. É um livro fabuloso, escrito por John Milton quando ele estava praticamente cego. Eu sei que não consigo descrevê-lo apropriadamente, por mais que eu deseje. O único modo de experimentar a força desta obra em sua plenitude é lendo-a.

— Hum... — a engenheira disse, enquanto folheava o livro com curiosidade e observava diversas as ilustrações internas, tão dramáticas quanto a da capa. — E qual a moral da história?

Viktor pensou por alguns instantes.

— Existem várias, mas, para mim, a principal é: a ignorância, em algumas situações, é uma benção. — declarou. — Se Adão e Eva não tivessem provado do fruto da Árvore do Conhecimento e não tivessem tomado consciência de que estavam nus, a Humanidade provavelmente viveria feliz e sem preocupações no Paraíso.

— É mesmo?! — Lins questionou. — É isso que você pensa?

— Claro que não! — o médico respondeu, em tom de zombaria. — O Éden nunca existiu...

Percebendo que sua afirmação poderia iniciar uma discussão teológica da qual ele não queria participar, Viktor empurrou – de maneira gentil – Eva para fora do consultório.

— Leve o livro e leia, querida. Conversamos sobre ele depois. — disse, encerrando o assunto. — Vejo você mais tarde.

A paixão entre o médico e a roboticista crescia de tal forma que os dois mal conseguiam esperar o anoitecer para se encontrarem – sempre no alojamento de Eva, o mais isolado de todo o complexo – e se entregarem às carícias que se estendiam madrugadas afora. De certo modo, eles perceberam que o tempo em que ficaram indecisos sobre como proceder em relação aos seus sentimentos – e que, num primeiro momento, julgaram ter sido um período desperdiçado – havia reforçado o desejo de um pelo outro e contribuído para que tudo fosse mais intenso. E comprovavam aquela percepção na urgência febril de cada abraço, na lascívia desesperada de cada beijo, no frêmito quase agonizante de cada orgasmo.

Simultaneamente, a medida em que a intimidade entre eles crescia, os dois se sentiam mais à vontade para trocar confidências e revelações do passado. Durante uma daquelas conversas que se estendiam até o alvorecer, Eva contou porque decidira abandonar seu importante cargo no Departamento de Desenvolvimento de Novas Tecnologias Aplicadas em Robótica da **PKD Robotics** e se candidatar ao posto na remota Estação Éden:

— Eu namorava o programador-chefe do mesmo setor e descobri que ele estava saindo há muito tempo com nossas estagiárias e mesmo com robôs programadas para serem acompanhantes. — ela revelou, enquanto tomavam o café da manhã. — Na verdade, eu não descobri. Uma das mulheres que saía como ele se apiedou de mim e me contou o que estava ocorrendo.

— Que coisa terrível!

— O pior é que o desgraçado possuía até uma conta numa rede social onde traidores postavam fotos de suas escapadas! — ela falou, indignada. — Tudo debaixo do meu nariz! Eu era a chacota da empresa!

O médico riu da súbita irritação da engenheira, que o ignorou e prosseguiu:

— Como era sua superiora, eu o demiti no mesmo dia em que fui alertada sobre suas traições. — Eva continuou. — Ele me procurou diversas vezes, afirmando que estava arrependido e que desejava reatar nosso namoro, mas não aceitei. Eu me sentia humilhada e muito machucada... Ele desapareceu por algum tempo, até que, numa noite de sábado, invadiu meu apartamento e tentou me matar com três facadas.

— Você está brincando! — retrucou Werther. — Que sujeito louco!

— Pois é. — a engenheira concordou. — Felizmente, fui socorrida a tempo e levada para a UTI de um hospital mantido pela PKD, onde minha vida foi salva por uma equipe de androides especializados em Medicina. Ele acabou sendo capturado, julgado e preso. Depois de ficar mais de um ano em coma, tentei retornar para meu posto, mas minha vergonha era demais e preferi pedir demissão. Dois meses depois, li sobre o posto de trabalho na Estação Éden, me inscrevi e aqui estou.

Depois de dizer a última frase, Lins se virou para Viktor e riu: foi um sorriso tão genuíno e cativante que foi capaz de causar a agradável sensação de estar realmente próximo de alguém, não apenas física, mas afetuosamente; um sentimento que o médico há muito não vivenciava. A dúvida que tinha sobre ser ou não um robô esmaecia a cada dia que se passava – na inversa proporção em que sua paixão pela engenheira aumentava, em cada palavra trocada, em cada pequeno gesto de carinho.

— Estou feliz que esteja aqui, Eva. — ele falou, colocando as mãos da roboticista entre as suas e apertando-as gentilmente. — Estou feliz por ter você ao meu lado.

— Eu também, Viktor.

Os dois trocaram um singelo beijo e voltaram ao café. Enquanto mastigavam a insonsa ração alimentar provida pela estação, compartilhavam olhares apaixonados e risadas que um observador desatento julgaria imotivadas, mas que faziam todo o sentido para o casal enamorado. Como de costume, após a refeição matinal, os dois ficaram observando a luz do sol, que avança lentamente pela superfície da lua de Júpiter e começava a iluminar a parte externa das instalações do complexo.

— E você, por que decidiu vir para cá? — Lins perguntou, de forma súbita.

— Dinheiro. — respondeu Werther. — A Hidrobrás me paga muito mais que o melhor hospital da Terra. E o trabalho é bem tranquilo, vamos convir.

— É verdade. — a engenheira concordou. — Então, você não veio para cá para curar um coração partido?

— Não, claro que não! — o médico respondeu, sorrindo. — A verdade é que, devido à minha personalidade pouco expansiva, nunca fiz muito sucesso com as mulheres. Tive alguns relacionamentos esporádicos e pouco duradouros ao longo da minha vida, mas não estava com ninguém quando decidi vir para cá.

— Eu compreendo. — Eva disse. — E você viria para cá caso estivesse num relacionamento sério?

— Que pergunta capciosa, hein? — ele reclamou, dando um leve beliscão no braço da engenheira.

— Você não precisa responder se não quiser. — ela falou, sorrindo de forma maldosa.

— Eu acho que minha decisão dependeria do estado em que meu relacionamento se encontrasse. Oito anos é muito tempo para se ficar separado...

— Você sabe que ficaremos ao menos três anos separados quando terminar meu tempo aqui, não é?

— Não vamos pensar nisso agora, Eva, por favor...

Dizendo isto, Viktor envolveu – de forma protetora – a roboticista nos braços e a beijou. A luminosidade solar continuava avançando pela paisagem desolada de Calisto. Ao longe, já era possível divisar as luzes das naves de coleta de hidrogênio – controladas remotamente por Guilherme Freitas – que partiam para mais um dia de trabalho na hostil atmosfera de Júpiter. Após um segundo beijo, médico e engenheira vestiram seus uniformes e rumaram para seus postos de trabalho.

Apesar de Viktor não mais tocar no assunto e se demonstrar completamente à vontade quanto ao tema, questões sobre a verdadeira natureza dele – e sobre a sua, também – invariavelmente acometiam Eva; a grande maioria das vezes quando se encontrava sozinha. Em algumas ocasiões, decidia simplesmente tentar não pensar no assunto e deixar as coisas acontecerem de forma natural; em outras, porém, o desconforto causado por aquela dúvida persistente a incomodava. Outros questionamentos surgiam, então: o que eles teriam a ganhar esclarecendo aquilo? O que poderia mudar em seu relacionamento caso descobrissem que um deles – ou os dois – fosse um androide?

Pessoalmente, a roboticista se sentia confortável com a perspectiva de seu parceiro ser um autômato, pois Werther a satisfazia em todos os aspectos, fazendo-a se sentir realizada de um modo que não experimentara anteriormente. Ela, que passara grande parte de sua vida adulta cercada por robôs, não enxergava qualquer tipo de anormalidade em obter suporte afetivo a partir de um deles. Ao mesmo tempo, não se constrangia em oferecer sua paixão a uma máquina.

O que incomodava Eva era a possível reação de Viktor caso *ela* não fosse humana. Embora ele afirmasse categoricamente que não se importaria, a engenheira temia que o cenário pudesse mudar na hipótese de uma confirmação de que ela fosse uma autômata e ele não. Será que ele continuaria se entregando com a mesma intensidade? E se ambos fossem androides, meros participantes de um experimento em ambiente controlado conduzido pela **PKD Robotics**, o que aconteceria? Seriam as suas informações coletadas – para posterior análise por cientistas de dados – e suas memórias apagadas? Seriam suas experiências pessoais reduzidas a alguns números processados por um algoritmo?

Naquela tarde, novamente acometida pelas mesmas dúvidas e forçada a esperar o resultado de um demorado processo de diagnóstico que estava sendo realizado em um robô de coleta avariado, Lins se lembrou dos arquivos com especificações técnicas dos **OmniDroid-37** que ela havia copiado para sua pasta pessoal na noite em que desligou Rachel Almeida. Eram diversos documentos, totalizando milhares de páginas contendo gráficos estatísticos, esquemas eletrônicos, trechos de código-fonte, fotos e extensas listas de dados técnicos. Para a grande maioria dos humanos, se debruçar sobre uma compilação tão vasta de informações constituiria um desafio formidável, para não dizer intimidador. Não o era, todavia, para Eva. Afinal, durante seus anos na **PKD Robotics,** a engenheira se acostumara não somente a destrinchar, mas até mesmo produzir documentos como aquele.

Assim, de maneira metódica e desapressada, a roboticista começou a analisar os arquivos, em busca de informações que pudessem lhe oferecer pistas sobre como identificar um autômato da série 37 sem aparelhagem especializada. Antes de encontrar o que procurava, se deparou com um artigo técnico que exaltava a inovações implementadas nas séries posteriores à 35: a desativação do módulo de "auto-consciência" – que permitia ao autômato saber que não era um humano – e sua substituição pelo "sistema cognitivo biodigital". O termo se referia a uma intrincada combinação de elementos de *hardware*, de Inteligência Artificial, de *Machine Learning* e computação biológica destinada a produzir uma experiência sensorial semelhante à consciência humana. Curiosamente, o texto citava a própria Eva Lins como uma das pessoas que haviam estabelecido a base conceitual para o desenvolvimento daquele poderoso módulo. A engenheira, ao ver seu nome mencionado no documento, sentiu uma pontada de nostalgia e se lembrou de seu trabalho na grande corporação multinacional.

Em outro texto, a roboticista leu sobre o módulo de gerenciamento de memória da série 37, que permitia a inserção de lembranças humanas diretamente no sistema do androide, causando no robô a sensação de que as recordações implantadas eram genuinamente suas. Assim sendo, com a agregação deste módulo ao sistema cognitivo biodigital e com a desativação do módulo de "auto-consciência", os autômatos carregariam a impressão de que haviam vivido vidas humanas normais. Em seus últimos parágrafos, o artigo insinuava que aquele era o primeiro passo para o tão almejado processo de transferência total de uma consciência biológica para um ambiente cibernético, que permitiria que uma pessoa continuasse a viver – indefinidamente – em corpos autômatos.

Durante quatro horas, Lins se dedicou àquela atividade de vasculhar documentos, até que – nas últimas páginas de um manual de manutenção com quase duas mil folhas – encontrou o que procurava. A seção onde a informação estava localizada destinava-se a orientar engenheiros roboticistas que precisassem realizar operações de reparo em locais com poucos recursos. Até a série 35, todos os **OmniDroids** – por mais humanos que podiam parecer – possuíam seus números de série impressos em alto-relevo no pulso esquerdo. Como eram autômatos equipados com o módulo de "auto-consciência" e, portanto, detinham conhecimento de que eram máquinas, o código de identificação se encontrava em um local de fácil acesso visual, tanto para o próprio androide, quanto para outrem. De acordo com o documento, as significativas alterações implementadas nos modelos posteriores, no entanto, demandavam que o número serial de cada robô fosse impresso em um ponto mais reservado de sua anatomia.

E foi assim que Eva descobriu como identificar um **OmniDroid-37** a olho nu. Segundo o manual, o número serial daqueles autômatos se localizava próximo à parte inferior da escápula direita. O processo de impressão do código de identificação utilizava uma tinta especial, termoativada, o que significava que o número de série do androide somente seria revelado caso a área fosse aquecida. O manual orientava que o simples friccionar do local com as pontas dos dedos – por cerca de meio minuto – era o suficiente para revelar o serial. O propósito de gravar o código de identificação nas costas – num local que só poderia ser visto pelo autômato com a ajuda de outrem ou de algum objeto – e com uma tecnologia que o mantinha invisível por quase a totalidade do tempo, era de evitar que o androide descobrisse acidentalmente sua origem não humana e os eventuais problemas causados por uma descoberta não monitorada.

A leitura daquelas informações provocou em Lins uma agitação extrema. Sua primeira reação foi se levantar e afastar-se de sua estação de trabalho, em cujo monitor a concisa lista de instruções permanecia impressa na tela. Era difícil para a roboticista definir como se sentia naquele exato instante, pois sentimentos de entusiasmo e receio se alternavam dentro dela. O entusiasmo residia no fato de saber que a resposta para as dúvidas que a afligiam estava ao seu alcance, num simples esfregar de mãos. O receio advinha da incerteza do que aconteceria caso ela se propusesse a efetivamente descobrir se ela e Viktor eram robôs ou não. Que efeitos a ausência ou a presença de uma série de números em suas costas poderia ter sobre o relacionamento dos dois e sobre o restante de seus dias na Estação Éden?

23/06/2187

Três dias haviam se decorrido desde que Eva Lins descobrira como identificar um **OmniDroid-37**, mas a engenheira mantinha seu achado em segredo. Ela passava a maior parte do tempo ponderando se deveria contar a novidade para Viktor. Na noite anterior, enquanto assistiam uma comédia romântica, o médico comentara sobre como o comportamento da roboticista mudara; como estava calada e parecia dispersa em vários instantes.

A engenheira declarou que tudo era devido ao grande fluxo de trabalho na oficina nos últimos dias; que estava tendo dificuldade para resolver uma questão de um robô em especial e que o assunto acabava – invariavelmente – lhe voltando à mente vez ou outra. Visto que Werther não se preocupava em estender o assunto e pedir mais detalhes, a roboticista conseguira escapar com aquela mentira pouco elaborada.

O motivo que fazia Eva refrear a ideia de revelar ao médico o que havia aprendido era o fato de que o relacionamento dos dois estava indo muito bem e que ambos estavam extremamente felizes. Por que se arriscar, então? E se ela descobrisse que Viktor era – assim como Rachel Almeida – um autômato que fazia parte de um experimento da **PKD Robotics?** O que ela poderia ganhar contando aquilo e submetendo o médico a um procedimento de verificação? Ela conseguiria suportar a possibilidade de que todos os sentimentos que estavam vivenciando durante aqueles dias pudessem ser apagados – de forma sumária e permanente – da memória de Werther, transformando-a em uma mera estranha para ele? Poderia ela continuar a amá-lo depois daquilo? Ou o amor só existiria em razão daquilo que é compartilhado por duas pessoas?

E se descobrisse que **ela** era uma androide? O que aconteceria? Estaria preparada para estar do outro lado da situação e ter todas as suas memórias deletadas? Como Viktor reagiria, mesmo tendo afirmado que não se importaria com aquilo? Até aquele momento, todas as conversas que os dois mantiveram sobre o assunto não passavam de exercícios banais de especulação, visto que ignoravam uma maneira de se certificarem que um deles – ou ambos, talvez – era ou não um robô. Como seriam as reações depois de terem certeza? Como ela se sentiria sabendo que todas as sensações que vivenciou não eram fruto de um sistema cognitivo genuinamente biológico, mas sim o resultado de um processamento mediado por elementos de *hardware* e *software*?

Apesar daquela ser uma hipótese que Lins não levava muito em consideração porque, no fundo, ela sabia que não era, que não poderia ser uma androide. Tal certeza tinha suas fundações nas lembranças que a engenheira carregava consigo: elas eram – simplesmente – vívidas demais para terem sido implantadas. Eram coesas demais para serem de outras pessoas. Por causa de sua experiência na **PKD Robotics,** a roboticista conhecia as limitações da tecnologia e a incapacidade de emular memórias de outrem num sistema cibernético. As lembranças de momentos marcantes de sua infância e juventude eram a garantia de sua humanidade.

No entanto, caso ela realmente fosse – contra todas as probabilidades – uma **OmniDroid**, Eva também não se preocuparia.

Por outro lado, uma parte de si a impelia a compartilhar com Viktor a novidade e verificar se ele era ou não um androide.

Se Werther fosse um autômato e o relacionamento dos dois mudasse por causa daquilo, ela evitaria se apaixonar ainda mais pelo médico e evitaria uma desilusão maior no futuro, apesar de estar ciente de que sofreria demais num primeiro momento. Caso contrário, a ausência de dúvidas permitiria aos dois mergulhar ainda mais naquela paixão tão intensa.

Como proceder?

O dilema continuava atormentando a engenheira até que um incidente com Guilherme Freitas acabou – indiretamente – forçando Lins a tomar uma decisão. Notando que nenhuma das naves coletoras havia decolado naquela manhã, o gerente do complexo – Márcio Queiróz – tentou entrar em contato com o piloto e acabou encontrando-o, desacordado pelo excesso de bebida, dentro de seu alojamento. Viktor foi chamado às pressas para o local para socorrer Guilherme e o levou para a Unidade de Tratamento Intensivo da Estação Éden, onde foi colocado num leito para emergências médicas.

Freitas, que apresentava um comportamento erradio e agressivo desde o episódio com Rachel Almeida, já preocupava Márcio há algum tempo. O rendimento do trabalho de Guilherme havia decaído de maneira vertiginosa, como comprovavam os gráficos diários de coleta de hidrogênio aos quais o gestor tinha acesso. Além do baixo desempenho na coleta, havia também o aumento considerável de robôs encaminhados para a manutenção, sinal de que o piloto não estava tomando o devido cuidado com as unidades coletoras.

A apreensão do gerente da estação atingira níveis tão altos que ele se viu forçado a requisitar que Werther fizesse um monitoramento mais frequente do estado de saúde – principalmente no que concernia ao aspecto mental – de Freitas. Obedecendo às ordens de Queiróz, o médico se encontrava com Guilherme em seu consultório duas vezes por semana e, diante do quadro de agitação mental apresentado por ele, resolveu prescrever-lhe ansiolíticos. De forma irônica, foi justamente uma cartela daqueles medicamentos que Viktor encontrou ao lado do corpo inconsciente do piloto naquela manhã, indicando que Guilherme havia ingerido uma perigosa mistura de álcool e fármacos.

Por causa do estado de saúde de Guilherme Freitas, Viktor Werther se viu forçado a ficar três dias inteiros dentro do CTI do complexo, monitorando os sinais vitais do piloto. Em decorrência da delicadeza da situação, Márcio Queiróz determinara que nenhum outro membro da estação poderia entrar na área médica. Assim, Eva ficou mais de setenta e duas horas sem se encontrar com o médico, comunicando-se com ele apenas através de mensagens de texto.

Aquela solidão temporária em que repentinamente se encontrou fez Lins perceber que não era justo esconder de Viktor o ela que descobrira dias atrás. Passar tanto tempo longe dele fez com que a engenheira reconhecesse o quanto ela sentia falta da presença física do médico, de poder beijá-lo, de dormir ao seu lado, mesmo de ouvir suas piadas sem graça. Eva decidiu que contaria para Werther como era possível identificar um **OmniDroid-37** porque não mais se importava com o que poderiam descobrir ou com o que poderia acontecer com eles. Deitada em seu alojamento, ela constatou que não fazia mais sentido se privar das benesses do presente por causa de incertezas futuras. Afinal, mesmo um relacionamento entre humanos não oferecia quaisquer tipos de garantias de sucesso preliminares, só podendo comprovar sua força após o inevitável teste do tempo.

* * *

Naquela noite, quando o médico finalmente pôde voltar a visitá-la em seu alojamento, e após matarem devidamente a saudade, Lins não titubeou em anunciar o que lera num documento técnico sobre os androides da série 37. Ao final da fala da engenheira, Viktor propôs – de forma bastante natural – que eles seguissem as instruções do manual e descobrissem, de uma vez por todas, se eram robôs ou não. O modo direto como Werther sugeriu aquilo acabou surpreendendo a engenheira, que não pôde fazer outra coisa e submeteu ambos ao teste de verificação.

O médico e a engenheira combinaram de anunciar o resultado dos testes ao mesmo tempo, simplesmente dizendo "sim" ou "não" para indicar se um número serial havia surgido debaixo do omoplata do companheiro. Ao final de cinco minutos de ansiedade extrema, os dois disseram "não".

Após aquela fatídica noite, o nome da estação nunca pareceu tão apropriado para Viktor e Eva. E, ao longo de dois anos e meio, o casal de jovens experimentou as delícias de uma intensa paixão: aproveitando cada filme assistido; cada jantar compartilhado; cada frenética noite de amor – em que se entregavam desesperadamente ao coito até suas energias se esvaírem – embalada pelas músicas que aprenderam a apreciar conjuntamente. Foram dias perfeitos, durante os quais nada mais importava, durante os quais nada poderia incomodá-los. Pela primeira vez em sua vida, Werther sentia que fazia parte de um relacionamento genuíno, real. Lins, por sua vez, tinha a sensação de que as lembranças ruins de seu último namoro haviam acontecido há uma eternidade. Ali, numa distante lua de Júpiter, ambos haviam, finalmente, encontrado a felicidade.

Simultaneamente, o casal testemunhava a troca anual de membros humanos da Estação Éden. Ambos admitiram que foi estranho, e perversamente irônico, ver Guilherme Freitas – que após o incidente com Rachel Almeida não conseguira voltar ao seu estado normal – retornar para a Terra na mesma nave em que androide, que ainda se encontrava desligada. Um ano depois, presenciaram a partida de uma Marta Laurentys, visivelmente perturbada pelo longo período de isolamento. Finalmente, no começo do anterior, se despediram de Márcio Queiróz, que portava sinais claros de que estava profundamente aliviado em deixar o complexo após as turbulências que teve de enfrentar durante sua gestão.

Todavia, o ano que se iniciara no dia anterior trouxera consigo o cargueiro responsável por levar Eva de volta para casa.

Depois de mais de setecentas noites juntos, médico e roboticista seriam obrigados – de forma inapelável – a se separarem. Uma separação que duraria, em decorrência do tempo gasto para concluir a viagem de retorno para o planeta Terra e do ano em que Werther ainda teria de cumprir no complexo, no mínimo, três anos. Curiosamente, apesar de saberem daquele hiato físico ao qual seriam sujeitados, nenhum dos dois comentou sobre o assunto na manhã em que aconteceu a despedida. Parecia que um acordo tácito havia sido fechado entre eles, com o intuito de não aumentar ainda mais a dramaticidade daquele momento e de não antecipar um sofrimento que seriam obrigados a enfrentar num futuro próximo.

E, assim, pela segunda vez, Eva deixou o Éden.

Uma vez que ambos estavam na Estação Éden pela ocasião do incidente com Rachel Almeida e Guilherme Freitas, e devido ao fato de que a série 37 dos **OmniDroids** ainda era um segredo comercial, tanto Viktor quanto Eva tinham todas as suas comunicações externas moderadas pela **HidroBrás**. Assim sendo, qualquer mensagem de texto, áudio ou vídeo feita por um deles somente era enviada para o destinatário desejado após ser analisada por um funcionário da multinacional, que tinha a tarefa de verificar se o conteúdo não fazia menção aos novos autômatos. Se aquilo configurava uma situação pouco confortável para pessoas que desejassem comunicar assuntos estritamente profissionais, para um casal de apaixonados tornava-se um obstáculo que só poderia ser transposto através de uma indesejada exposição ao constrangimento.

A princípio, intimidados pela certeza de que cada palavra escrita ou falada seria lida ou ouvida por alguém, o médico e a roboticista limitaram-se a conversar sobre amenidades, como os acontecimentos do dia de cada um e alguma notícia do planeta Terra. As demonstrações de afeto se limitavam a termos como "beijo", "abraço" e "saudade", que eram empregados com bastante parcimônia e quase sempre no final das mensagens. Para agravar a situação, as indicações de filmes, músicas e livros eram prontamente bloqueadas sem qualquer explicação, o que restringia ainda mais os tópicos das conversas.

Porém, o passar do tempo – acrescido da acentuação dos efeitos do distanciamento e da inevitável solidão – começou a dissolver a timidez de Lins e Werther. Havia urgência em comunicar de maneira mais assertiva o que sentiam, em descarregar com palavras a saudade que crescia dentro do peito e que, em várias vezes, os sufocava. Assim, a necessidade de reafirmar a paixão acabou por derrotar o receio de tornarem públicos seus sentimentos e os dois decidiram tornar a correspondência entre eles mais afetuosa.

23/04/2190

De: viktor.werther@hidrobras.ind.br
Para: eva.lins@hidrobras.ind.br
Assunto: Um poema para você

DE ALGUM MODO

De algum modo
Podemos nos ouvir no silêncio
Através de nossos olhos
de nossos lábios
de nossas mãos

De algum modo
Podemos nos sentir, mesmo distantes
Através de nossos pensamentos
de nossos corações
de nossas almas

De algum modo
Podemos ser nossas meias partes
Falando através do silêncio
Tocando através da distância
Conectados através do amor

De algum modo
Percebi que preciso de ti todos os dias

24/04/2190

De: eva.lins@hidrobras.ind.br
Para: viktor.werther@hidrobras.ind.br
Assunto: Re: Um poema para você

Meu amor, eu gostaria de escrever um poema para você, mas não tenho muito jeito com as palavras. Na verdade, agora que estamos distantes é que percebo o quão é difícil expressar o que sinto. Percebi que, pois mais forte que o termo "amor" possa ser, ele não é suficiente para descrever com exatidão meus sentimentos por você. Advérbios e adjetivos, tampouco, podem me auxiliar. Descobri, talvez da pior maneira possível, a miríade de significados contidos num simples abraço, num sorriso, num olhar; sensações impossíveis – pelo menos, para mim – de serem convertidas em palavras.

Mesmo sabendo disso, não poderia deixar de dizer: te amo!

27/10/2190

De: <u>viktor.werther@hidrobras.ind.br</u>
Para: <u>eva.lins@hidrobras.ind.br</u>
Assunto: Um achado

Minha querida, para conseguir passar o tempo sem você por aqui tenho me dedicado ainda mais à leitura. Ontem, enquanto navegava por uma livraria virtual à procura de algo para ler, acabei me deparando com um romance intitulado "Os Sofrimentos do Jovem Werther", publicado em 1774. Não hesitei e adquiri uma cópia. Posso dizer que talvez não seja a obra mais indicada para quem está sofrendo com o distanciamento da pessoa amada, mas a escrita de Goethe é tão insinuante que não consigo largar o livro. Não vou revelar o enredo porque quero que você o leia, mas separei um texto que retrata muito bem o que sinto:

"Ah! Este vazio! Este terrível vazio que sinto em meu peito! Muitas vezes penso: se pudesse ao menos uma vez, uma só vez, apertá-la ao peito, todo este vazio seria preenchido."[14]

14GOETHE, J. W. *Os Sofrimentos do Jovem Werther*. São Paulo: Editora Estação Liberdade, 2009. p. 118

Como eu queria te abraçar agora e apenas sentir o calor do seu corpo contra o meu!

01/11/2190

De: eva.lins@hidrobras.ind.br
Para: viktor.werther@hidrobras.ind.br
Assunto: Re: Um achado

Meu amor, como eu também gostaria de poder te abraçar, te beijar! O tempo parece passar cada vez mais devagar. Quando olho para o calendário e vejo que ainda faltam mais de dois anos para nos reencontrarmos, desejo que houvesse uma maneira de fazer com que todos estes dias transcorressem mais rapidamente. Como isso não é possível, me entrego aos cuidados de Beth Orton, fico observando a infinitude do espaço através da janela de meu quarto e pensando em você até que o sono me envolva e traga algum descanso para o meu coração.

Te amo demais!

14/01/2191

De: <u>viktor.werther@hidrobras.ind.br</u>
Para: <u>eva.lins@hidrobras.ind.br</u>
Assunto: Estou voltando para casa

"Por que me encontro aqui constrangido, atado, oprimido e tendo este sentimento ilimitado?"[15]

Minha querida Eva, estou finalmente voltando para casa. Quando você ler esta mensagem, já terei partido da Estação Éden rumo à Terra. Também conto os dias que faltam para poder tê-la em meus braços e libertar todo este amor que enche o meu peito, que me aperta e que me faz querer acelerar o tempo. Do mesmo modo que você, uso a pequena janela de meu cômodo para olhar para o cosmos infinito e pensar onde você está agora. Somente os livros conseguem fazer com que meus pensamentos se desviem – por alguns poucos instantes – de nossas lembranças, tão intensas e agradáveis. O sono somente vem após longas horas deitado na minha cama, escutando músicas instrumentais. Não tenho conseguido ouvir Beth Orton nos últimos dias porque cada verso das músicas dela fica

---

15GOETHE, J. W. *Os Sofrimentos do Jovem Werther*. São Paulo: Editora Estação Liberdade, 2009. p. 183

reverberando dolorosamente em meu já combalido coração.

Estou chegando! Te amo! Te amo! Te amo!

De: eva.lins@hidrobras.ind.br
Para: viktor.werther@hidrobras.ind.br
Assunto: Um dia a menos

Amor, eu só queria estar perto de você. Só consigo pensar no momento em que estarei novamente ao seu lado. E, em decorrência disso, os dias vão se arrastando.

Também não consigo mais ouvir a Beth, pois um verso fica martelando em minha cabeça: *"E se eu nunca tivesse visto a luz do sol, querido, / Talvez eu não me importasse com a chuva / Oh, esta dor!"*[16]. O problema é que eu vi a luz do sol enquanto estávamos juntos e agora que estamos separados enfrento essa chuva fria que ainda se estenderá por mais um bom tempo.

A única coisa que torna estes dias suportáveis – meramente suportáveis, na verdade – é a certeza de que nos reencontraremos dentro de alguns meses. É curioso escrever isso, porque quando decidi ir para a Estação Éden a última coisa que desejava era contato humano. Neste ponto, eu

---

16Tradução livre de trecho da letra da música *"I Wish I Never Saw the Sunshine"*, presente no álbum *"Trailer Park"*, lançado em 1996 pela cantora inglesa Beth Orton

invejo os autômatos, pela incapacidade deles de sofrer por amor ou saudade.

Em pouco mais de onze meses desembarcarei na Terra e penso como será estranho estar num meio de aglomerações novamente. Confesso que não sei se a presença de mais pessoas ao meu redor tornará a espera mais fácil ou difícil.

Te amo! Te amo! Te amo! Estarei te esperando!

07/12/2191

De: viktor.werther@hidrobras.ind.br
Para: eva.lins@hidrobras.ind.br
Assunto: Outro poema para você

PEDAÇO DA ETERNIDADE

Quero te abraçar apertado
e sentir o calor de seu corpo contra o meu

Quero que meus sentidos sejam anestesiados por
sua presença
e deixar minha alma se afogar num silêncio calmo

Quero carregar esse momento para sempre
Muito tempo depois que tudo se for

Será meu pedaço da eternidade

P.S.: Te amo!

21/01/2192

De: <u>eva.lins@hidrobras.ind.br</u>
Para: <u>viktor.werther@hidrobras.ind.br</u>
Assunto: Em casa (ou não)

Amor, ainda estou me reacostumando com a vida no planeta Terra, após mais de oito anos fora. Encontrei-me como meus pais ontem: eles me abraçaram efusivamente e nós choramos de maneira tão copiosa que confesso ter ficado surpresa. Sempre tivemos uma boa relação, mas nunca fomos muito afeitos a demonstrações mais assertivas de afeto. Ao que parece, oito anos de separação foram suficientes para amolecer-nos.

Sei que ainda faltam mais de trezentos dias para a sua chegada, mas estou um pouco mais aliviada por estar aqui. Meu contrato de trabalho com a Hidrobrás foi encerrado e a empresa não quis me realocar para outro posto, mas a PKD me ofereceu um cargo no setor de desenvolvimento de robôs coletores, com os quais tive muito contato em Júpiter. Aceitei imediatamente porque acredito que mergulhar no trabalho vai me ajudar a passar o tempo. Começo a trabalhar em abril, após o término do período obrigatório de readaptação ao ambiente terráqueo.

De certo modo, acho que estar em meu planeta natal também tem ajudado. O contato com mais pessoas tem colaborado para que eu consiga deixar de pensar em você durante alguns momentos, o que contribui para que o tempo passe mais rápido. Eu até consegui escutar a Beth hoje e separei uns verso para você: *"Temos o hoje / E isto é para sempre / Vida após vida / Quando estamos juntos / Um céu infinito / A luz em seus olhos / Um pouco de sensação nas trevas."*[17]

Continuo te esperando, agora com o coração um pouco mais calmo. Te amo demais! Também quero que você seja o meu pedaço da eternidade!

---

[17] Tradução livre de trecho da letra da música *"Flesh and Blood"*, presente no álbum *"Kidsticks"*, lançado em 2016 pela cantora inglesa Beth Orton

07/07/2192

Seis meses se passaram sem que Viktor recebesse uma mensagem sequer de Eva Lins. A princípio, o médico acreditava que a interrupção das comunicações era causada pelas tempestades solares ou algum outro fenômeno cósmico capaz de influenciar a transmissão de dados entre o cargueiro onde viajava e a Terra. Era algo plausível, pois os outros tripulantes da nave também relatavam problemas parecidos. Todavia, quando a situação aparentemente se normalizou para os outros, o inquietante silêncio por parte da roboticista perdurava. Werther imaginou que – uma vez que a engenheira voltara a integrar os quadros da **PKD Robotics** – a multinacional estivesse bloqueando todas as correspondências entre os dois.

Naquele dia, porém, Viktor percebeu que na caixa de entrada de sua conta de correio eletrônico havia uma mensagem cujo remetente e assunto eram totalmente inusuais:

De: <u>branislaw.lem@pkdrobotics.ind</u>
Para: <u>viktor.werther@hidrobras.ind.br</u>
Assunto: Nota de Condolências

Prezado Senhor Viktor Werther,

É com enorme tristeza que escrevo para lhe informar sobre o falecimento da senhorita Eva Lins, ocorrido no dia 29 de junho de 2192. A estimada roboticista foi vítima de um acidente ocorrido dentro da fábrica da PKD Robotics em

Pará de Minas e – apesar de ter sido prontamente removida para a Unidade de Tratamento Intensivo da planta, onde recebeu o devido socorro médico – não resistiu aos ferimentos.

Escrevo não somente em nome da companhia que dirijo e para a qual a senhorita Lins contribuiu de forma fundamental, mas também a pedido da família dela, que me informou sobre os profundos laços de amizade criados entre vocês durante o período em que trabalharam juntos na Estação Éden.

Minhas mais sinceras condolências,

Branislaw Lem
CEO, PKD Robotics

Era um fim de tarde cinzento e tempestuoso. Estirado no sofá de seu pequeno apartamento, Viktor observava – letárgico e ensimesmado – o vento e a chuva açoitarem violentamente a janela da sala de estar. O médico havia desembarcado sessenta dias antes e muito pouco saíra de sua residência ao longo daquele período. Mais de oito meses já haviam se passado desde a fatídica data em que soubera da morte de Eva e ele ainda não havia conseguido se recuperar de sua perda.

Para suportar o restante da viagem no cargueiro da Hidrobrás, Werther teve de se automedicar regularmente com indutores de sono e com antidepressivos. Mesmo em solo terráqueo, porém, o médico se viu forçado a manter o uso dos medicamentos, uma vez que as intermináveis madrugadas de insônia continuavam a acometê-lo com eficiente regularidade. De posse de um vultuoso colchão de liquidez financeira, conquistado durante os anos de trabalho na Estação Éden, o médico decidira que seria melhor adentrar um período sabático antes de retomar suas atividades profissionais. Naquele instante, ele não era capaz de prever por quanto tempo se manteria afastado do labor, pois – além dos efeitos da inesperada morte de Eva – o cansaço físico e mental decorrente da viagem de volta ainda o afetava.

As rajadas de vento e chuva solapavam a janela e o céu se tornava cada vez mais escuro. A luminosidade dentro do apartamento diminuía rapidamente, mas o médico não se importava. Na verdade, Viktor desejava que as trevas invadissem sua morada e engolissem tudo. Talvez, em meio ao breu, ele conseguisse dormir sem a necessidade de tomar um remédio.

Contudo, um som estridente retirou Werther de seu entorpecimento: era o interfone do prédio. Assustado, o médico se levantou do sofá e caminhou até o painel eletrônico instalado ao lado da porta da residência. Através do monitor, viu um homem de aproximadamente cinquenta anos, de porte imponente, elegantemente vestido num terno preto e carregando uma pequena prancheta branca debaixo de um dos braços. O rosto do estranho não era de todo desconhecido para Viktor, que tentava se lembrar onde o havia visto anteriormente: talvez em uma revista, um site ou num programa de TV.

Uma vez que Werther ficou alguns instantes analisando a imagem do monitor, sem responder ao chamado, o estranho apertou uma segunda vez o botão de notificação, fazendo a campainha soar novamente.

— Quem é? — perguntou o médico, acionando o interfone.

— Doutor Werther, meu nome é Branislaw Lem. — respondeu o homem de terno, num tom de voz seguro e polido. — Sou o CEO da PKD Robotics e gostaria de conversar com o senhor sobre a senhorita Eva Lins.

— Senhor Lem, eu não quero falar sobre isso. — Viktor retrucou, de modo áspero.

— Compreendo sua posição, doutor Werther. — Branislaw retorquiu, sem aparentar irritação com a fala ríspida do médico. — Entendo que a morte da senhorita Lins ainda lhe cause dor e tristeza, mas sou o portador da última mensagem escrita por ela antes de morrer, cujo destinatário é o senhor.

— Creio que você já sabe o meu endereço de e-mail, senhor Lem. Pode me enviar a mensagem através dele, como fez com a sua nota de condolências.

— Doutor Werther, eu certamente teria lhe enviado a mensagem por e-mail se fosse somente este o motivo de minha visita. — o executivo argumentou, sem que sua voz denotasse qualquer nota de agressividade ou impaciência. — No entanto, como sei que vocês desenvolveram um relacionamento mais próximo durante sua estada na Estação Éden, eu também gostaria de lhe oferecer algumas explicações sobre o contexto em que a morte da senhorita Lins ocorreu...

O falar tranquilo, a dicção perfeita e a concatenação fluida de ideias de Branislaw indicavam porque ele era o gestor da maior empresa de tecnologia do mundo. Ao mesmo tempo, começavam a demover Viktor da ideia de não receber o executivo.

— De antemão, admito que possa ser uma experiência dolorosa para você, doutor Werther, mas acredito que nossa conversa também poderá lhe proporcionar algum consolo e paz de espírito. — Lem prosseguiu, ao perceber a demora do médico em dizer algo. — Prometo revelar apenas aquilo que for de seu interesse.

Percebendo que seria impossível convencer o *CEO* da **PKD Robotics** a ir embora sem algum diálogo, Viktor apertou o botão que liberava o acesso ao elevador privativo de seu apartamento.

Assim que viu Branislaw desaparecer do monitor, o médico acendeu as luzes da sala de estar e tentou arrumar o cômodo da melhor maneira possível: recolheu todas as embalagens de alimentos – espalhadas pelo chão a dias – e as jogou no vão do triturador de lixo; pegou os diversos livros abertos sobre a mesa de centro e os empilhou num canto; atirou as meias e camisas sujas dentro do quarto de dormir. Finalmente, arrumou seu cabelo e seu traje: uma folgada calça de moletom cinza e uma camiseta com o retrato de Isaac Asimov. Não se passou muito tempo e o número 707 instalado na parede se iluminou. Alguns segundos se passaram e a porta do elevador abriu: dele saiu Branislaw Lem.

— Doutor Werther. — o executivo cumprimentou, fazendo um pequeno gesto com a cabeça.

— Senhor Lem. — retribuiu o médico, apontando o mais limpo dos assentos disponíveis no cômodo. — Por favor...

Pessoalmente, Branislaw era ainda mais impressionante: seu porte físico – mesmo encoberto por um impecável e, certamente, dispendioso terno – era atlético e imponente; seu modo de andar demonstrava leveza e segurança; seus gestos transmitiam calma e sofisticação. Somente quando se sentou diante dele, Viktor finalmente se conscientizou de que um dos homens mais poderosos do Sistema Solar estava ali, em seu humilde apartamento. A pergunta que o médico se fazia era: por que razão? Lem poderia muito bem ter enviado um de seus muitos e caríssimos advogados para explicar o que tivesse que ser explicado. Sua presença sinalizava que havia algo bem mais importante a ser conversado.

— Não pretendo tomar mais do que o tempo necessário, Doutor Werther. — o executivo falou, esticando o braço para entregar a Viktor a prancheta que carregava. — Mas, antes de qualquer coisa, preciso que leia a mensagem que a senhorita Eva Lins escreveu para você.

Tremendo um pouco, o médico segurou o dispositivo, que era, na verdade, um *tablet.* Na tela inicial do aparelho havia apenas um único item, um atalho cujo ícone era um envelope e o título "Para Viktor". Werther apertou o desenho e um texto se abriu:

Amado Viktor, escrevo esta mensagem a partir de uma cama de UTI, instalada numa fábrica da PKD. Ao recobrar a consciência, me deparei com Branislaw Lem ao lado do meu leito, além de uma dupla de androides, provavelmente especializados em Medicina. Assustada, fui informada pelo próprio Lem que setenta e sete por cento do meu corpo foi esmagado pela carcaça de um robô coletor que despencou de uma linha de produção. Ele também me contou que fiquei desacordada por três dias e que meu corpo foi totalmente destruído do ombro para baixo.

Ao saber disto, perguntei o óbvio para Branislaw: "Por que não morri?". Ele me respondeu, de forma bastante tranquila e natural: "Senhorita Lins, você

somente está viva porque é, na verdade, uma OmniDroid da série 36".

Depois de ler a última frase, Viktor interrompeu a leitura e encarou Lem. Este – que analisava a linguagem corporal do médico – sustentou firme e serenamente o olhar surpreso de Werther. A reação de Branislaw indicava que o executivo já havia lido a mensagem. Mais tarde, quando se encontrava novamente sozinho em seu apartamento, Viktor relembrou aquele momento e se convenceu de que uma dúvida como aquela não era razoável. O *CEO* da **PKD Robotics** nunca lhe entregaria uma mensagem como aquela sem ter conhecimento prévio de seu conteúdo.

Sem trocar qualquer impressão com Lem, Werther retomou a leitura:

Eis o que verdadeiramente sou, meu amado: uma OmniDroid. Sou como Roy e Rachel, mas – ao mesmo tempo – diferente de ambos. Branislaw se prontificou a contar minha origem e esclarecer quaisquer dúvidas que eu pudesse ter, mas o dispensei de uma tarefa tão inglória. Fiz apenas duas perguntas: Meus "pais" sabem o que sou de verdade? Eva Lins foi, algum dia, um ser humano "genuíno"? Lem respondeu a primeira questão com uma negativa; a segunda foi respondida com um "sim" e com a afirmação de que todas as

lembranças que eu tinha até o dia em que embarquei para a Estação Éden eram de uma única pessoa: a engenheira roboticista Eva Lins, que trabalhou na PKD Robotics e que morrera alguns anos atrás.

Não quis fazer mais questionamentos porque me recordei de uma frase sua, cuja lembrança espero ser real: "A ignorância, em algumas situações, é uma benção". Pressinto que o quanto menos eu souber, menos sofrimento causarei a mim mesma. Tomar conhecimento de que sou uma androide, apenas uma cópia artificial de uma pessoa morta, já constitui um fardo muito pesado para mim.

Amado Viktor, neste instante, me sinto mergulhada em incertezas; completamente vulnerável. Como eu gostaria de esquecer tudo e me preocupar apenas com a sua volta, com o momento de estar novamente em seus braços e ter a certeza de que nada mais me falta! Eu daria tudo para reverter esta situação e viver como antes, alheia a minha verdadeira condição existencial e feliz por amar alguém como você. No entanto, sinto-me como uma segunda Eva, expulsa outra vez do Paraíso: não porque provou do Fruto Proibido, mas porque foi esmagada pela Árvore do Conhecimento.

Ao final da primeira conversa que manteve comigo, Branislaw pediu que eu pensasse na possibilidade de transferir minha consciência para um novo corpo autômato, uma réplica fiel deste que habito. Ele me garantiu que seria um procedimento totalmente seguro, com a vantagem de que todas as minhas lembranças do acidente seriam devidamente apagadas. Preciso admitir que fiquei tentada a autorizar tal operação, mas, ao final de dois dias – o tempo que ele me concedeu para pensar sobre o assunto – decidi que não quero renascer num novo corpo com memórias editadas. Não posso fazer isso: por Eva Lins, por mim, por você.

Como prosseguir a vida estando ciente de que minha essência não me pertence, de que sou apenas um invólucro artificial construído para prolongar indefinidamente as lembranças e sentimentos de outrem? É justo me chamar de Eva Lins, visto que a pessoa original não mais respira? É justo me apoderar de todas as lembranças de uma vida que não mais existe e agir como se fossem minhas de fato? O que garante que a roboticista original tomaria as mesmas decisões que tomei, mesmo sabendo que compartilho – hipoteticamente – de todos os seus valores, medos e impressões? Será que é realmente possível transferir toda a integralidade de uma consciência humana apenas transportando suas recordações de um receptáculo para outro? Nada fica para trás? Não existirão recônditos da Existência que são simplesmente inacessíveis para a tecnologia? Não existirão nuances impossíveis de serem replicadas e que se perdem de modo inapelável quando o sistema orgânico que as gerou deixa de funcionar? Não sou Eva Lins. Nunca fui, na verdade. E não posso me enganar acreditando que algum dia serei. Julgo que é preciso respeitar a memória dela, permitir que seu ciclo de vida seja completado de maneira respeitosa. Não posso prosseguir como a emulação fantasiosa de uma pessoa que um dia existiu. Preciso oferecer a Eva Lins o desfecho cerimonioso de uma vida autenticamente humana.

Da mesma forma, ao permitir que as memórias da verdadeira Eva recebam o tratamento que lhes é devido, entendo que nunca poderei ser considerada uma pessoa. O que restará dentro de mim se as lembranças dela forem retiradas? Eu conseguirei "sentir" de forma genuinamente humana? Conseguirei aprender a administrar – de modo autônomo – a miríade de emoções conflitantes que revolvem dentro de vocês todo o tempo e que parecem tão ilógicas para um robô? Ou serei apenas mais uma máquina antropomorfa, como Roy: estável, previsível e insípida? Ao mesmo tempo, como alguém poderá insuflar "vida" dentro de mim sem se basear em um modelo humano? Não consigo imaginar a criação de uma "Humanidade Artificial" sem uma partícula primordial. Assim sendo, tenho de me conformar com o fato de que nunca serei uma de vocês, por mais que eu ardentemente deseje. E, exatamente por isso, sei que não devo prolongar esta encenação. Não posso continuar fingindo ser algo que nunca serei.

Meu amado, como é difícil escrever as palavras que tumultuam meus pensamentos neste instante. Por você, eu – de bom grado – seria capaz de ignorar minha falta de humanidade e a necessidade de proporcionar um fim respeitoso à memória da verdadeira Eva Lins. Contudo, preciso ser realista e compreender que tudo o que teria a lhe oferecer seriam os sentimentos de outra pessoa. Você se apaixonou pela personalidade que carrego artificialmente dentro de mim, uma personalidade que poderia ter sido implantada em inúmeros OmniDroids. Você, no entanto, é único e merece – portanto – ser amado de maneira ímpar, de um modo que nunca poderei amar. Preciso ser altruísta e entender que é necessário que eu saia de seu caminho, para que você encontre alguém que lhe ofereça um amor autêntico, humano, real. Não posso permitir que desperdice seu tempo vivendo em uma quimera.

Por isso, amado Viktor, solicitei a Branislaw Lem que interrompesse – de modo definitivo – o funcionamento do sistema neural que me mantém consciente, que apagasse todas as memórias que ele carrega e que destruísse o que restou de meu corpo robótico. Se ele cumprir sua palavra, quando você ler esta mensagem, já terei sido reduzida a partículas de matéria reciclável. *É melhor que seja assim: que eu me precipite para a morte – que tudo abarca – e sufoque todos os meus tormentos.*[18]

Ironicamente, mesmo sendo uma androide, não consegui conter as lágrimas que teimam em brotar de meus olhos. Talvez, por sua causa, eu tenha – no ocaso de minha existência – provado um pouco da verdadeira humanidade, afinal.

Adeus!

18Adaptado de GOETHE, J. W. *Os Sofrimentos do Jovem Werther.* São Paulo: Editora Estação Liberdade, 2009. p. 70

— Tenho de confessar que a eloquência dela me surpreendeu. — falou Branislaw, ao perceber que o médico havia terminado a leitura da mensagem. — A Eva Lins original possuía muito menos desenvoltura as palavras, apesar da inteligência extrema.

— Você fez o que ela lhe pediu? — Werther perguntou, com os olhos marejantes, evitando encarar o executivo.

— Sim. — Lem respondeu prontamente. — Ela foi desligada e teve o que restou do corpo incinerado no dia seguinte, numa cerimônia de cremação que teve a presença dos pais da verdadeira Eva Lins.

Viktor meneou positivamente a cabeça, enquanto seus olhos miravam as últimas sentenças escritas pela Eva Lins que ele conheceu e – mesmo sendo uma androide –amou. O mesmo sentimento de impotência que o afligiu quando soube da morte da roboticista – ainda dentro da nave que o trazia de volta para a Terra e que vagarosamente vinha se dispersando dentro dele desde então – retornou, tão devastador quanto antes. A tristeza sobrepujou o médico, que largou o *tablet* sobre o sofá e se entregou a um choro compulsivo que durou alguns minutos. Branislaw, por sua vez, observou o sofrimento de Werther num respeitoso e paciente silêncio.

— Eva não quis saber as origens dela, mas eu posso contá-las para você, Viktor. — Lem ofereceu. — Se você assim o quiser, claro. Não creio que aplacará sua dor neste instante, mas poderá lhe trazer algum conforto com o passar do tempo...

Indeciso, o médico levou as mãos ao *tablet* e ficou deslizando os dedos sobre a tela do dispositivo.

— A Eva Lins original morreu em 2180, assassinada pelo próprio namorado. — o executivo revelou. — Foi uma das mais brilhantes roboticistas a trabalhar na PKD Robotics e fez contribuições fundamentais para o desenvolvimento dos OmniDroids. Poucas semanas antes do crime, ela havia alcançado importantes avanços na construção do que chamaríamos de "sistema cognitivo biodigital", um conjunto de software, hardware e mecanismos biológicos que emulam todas as funções sensoriais de um humano e impede, de certa forma, que um autômato tenha consciência de que é uma máquina. Eva estava muito animada com o progresso, pois aquilo representava um enorme salto tecnológico e nos colocava mais próximos de fazer algo que há muito desejávamos: transferir a consciência de uma pessoa para um organismo cibernético. A tecnologia para recuperação, transferência e armazenamento de lembranças biológicas em dispositivos eletrônicos já existia, mas faltava uma interface que pudesse dar aos nossos androides a capacidade de gerenciar estas memórias de modo semelhante ao executado pelo cérebro humano. Sem a crucial contribuição teórica de Eva, não sei se teríamos conseguido desenvolver o sistema cognitivo biodigital.

Branislaw interrompeu sua narrativa, que crescia em empolgação, e encarou Werther.

— Você entende o que Eva conseguiu com esta invenção, Viktor? — perguntou Lem.

— Ela vai permitir que as pessoas estendam suas vidas para muito além do tempo normal de uma existência humana. — respondeu o médico. — Bastará transferir suas memórias para um corpo de um androide. Exatamente como você fez com ela.

— Isso mesmo! — concordou o executivo, deixando escapar um sorriso triunfante. — Eva Lins nos deu a peça que faltava para completarmos o intrincado quebra-cabeça da longevidade indefinida...

Werther sorriu amargamente.

— Mas sua cópia cibernética preferiu abrir mão disto... — falou, olhando para a chuva que continuava a castigar a janela do apartamento. — Quanta ironia!

— É uma triste ironia, realmente. — concordou Lem. — É no mínimo estranho imaginar que a mulher que nos permitirá viver séculos a fio não estará viva para testemunhar a maravilha que criou.

— Uma Eva que nos devolveu o Paraíso. — comentou Viktor, tentando sorrir.

— Sim, sim. — Branislaw assentiu.

O médico se levantou e caminhou até a janela. Não era possível ver nada além das pesadas nuvens cinzentas que despejavam água sobre toda a cidade.

— Você sabe por que o namorado de Eva a matou?

— Ela descobriu que estava sendo traída e decidiu terminar o relacionamento. — revelou o executivo, também se levantando e postando ao lado de Viktor para observar a tempestade. — Ele tentou reatar o namoro diversas vezes porque trabalhava com ela e era seu subordinado, mas ela acabou o demitindo para se ver livre dos assédios. Todavia, numa noite, ele invadiu o apartamento dela e a esfaqueou. Foi capturado dias depois e condenado por tentativa de assassinato. Está cumprindo pena desde 2181.

— Você disse tentativa de assassinato?! — Werther estranhou. — Ela não morreu por causa das facadas?

— Eva faleceu três horas depois do crime. — respondeu Lem. — Para as autoridades, porém, ela sobreviveu.

— Não compreendi. — redarguiu o médico, encarando o executivo.

— Como a PKD possui um hospital dedicado aos seus funcionários, Eva foi removida para lá assim que fomos notificados do crime. — Branislaw explicou, usando o mesmo tom sereno. — Ela foi internada no nosso mais moderno leito de UTI, mas, apesar dos esforços de nossa equipe médica, composta exclusivamente por OmniDroids especializados em Medicina de Emergência, faleceu.

— As facadas a mataram, então. Não é isso? — Viktor questionou novamente.

— Sim.

— E por que ela sobreviveu para as autoridades? Vocês esconderam o óbito?

— Seria uma infâmia de minha parte deixar que a mente brilhante de Eva Lins perecesse por causa de um estúpido rompante amoroso perpetrado por um louco ciumento e arrependido. — Lem falou, ignorando a pergunta de Werther. — Por isso, enquanto ela estava sedada e sendo operada pelos androides, realizamos um procedimento para transferir todas as lembranças dela para um dispositivo de armazenamento baseado em DNA.

— Acredito que existem sérias implicações éticas quanto a isso, não?

— Nem tanto. — retrucou Branislaw, com segurança. — Eva já havia passado por uma operação de transferência de memórias duas semanas antes, para realizarmos alguns testes com um dos primeiros protótipos do sistema cognitivo biodigital em ambiente controlado, e assinado um termo de consentimento. Tecnicamente, não fizemos nada que ela não quisesse.

À distância, um raio rasgou o céu.

— Após Eva morrer, construímos um OmniDroid cujo corpo se assemelhasse ao dela e o colocamos no leito no lugar do cadáver dela. — prosseguiu o executivo, com a naturalidade de quem recontava uma conversa de bar. — Mantivemos o autômato na UTI por mais de um ano, simulando que ela estava em coma. Isto nos deu tempo de concluir o desenvolvimento do sistema cognitivo biodigital que Eva idealizou e alimentá-lo com as memórias dela. Depois de alguns dias fazendo testes dentro da unidade de tratamento, colocamos o autômato em circulação, como se fosse a verdadeira Eva Lins. Assim nasceu a série 36 dos OmniDroids.

Já estava evidente, para Viktor, que Branislaw Lem não era o *CEO* da **PKD Robotics** à toa e que era mais do que talhado para a posição que ocupava. No entanto, era possível para o médico notar que o executivo emitia pequenos sinais de exaltação ao falar das maravilhas robóticas criadas pela companhia que dirigia. Inversamente, Werther também percebia o modo frio com que Branislaw tratava a morte da engenheira.

— Nossa androide conviveu com a família, amigos e companheiros de trabalho de Eva Lins por quase um ano, sem que ninguém suspeitasse de coisa alguma. — Lem continuou. — O próprio autômato ignorava o fato de que não era um humano e agia como se fosse um autêntico *homo sapiens*.

Viktor retornou ao sofá, enquanto o executivo permanecia em pé junto a janela, contemplando a chuva.

— Vocês são capazes de influenciar o comportamento dos OmniDroids? —.perguntou Werther. — Vocês sabem o que eles fazem, o que pensam a todo momento?

— Não, absolutamente. A partir da série 27, quando conseguimos implementar um sistema de tomada de decisões bastante robusto, os robôs não sofrem nenhuma intervenção de nossa parte. Da mesma forma, não temos meios de saber ou gravar o que pensam, pois seria tecnicamente impraticável. Apenas recebemos dados técnicos, que nos são enviados todas as vezes que eles dormem. Pode-se dizer que os OmniDroids possuem "livre-arbítrio" para agir do jeito que julgarem adequado. Tanto que o autômato que carregava as memórias de Eva Lins decidiu se demitir de nossa companhia e se candidatar a um posto de trabalho na Estação Éden.

Branislaw abandonou a janela e sentou-se novamente diante de Werther.

— As séries 36 e 37 representam um salto audacioso de nossa parte, porque os autômatos das séries anteriores saem de nossas fábricas capazes apenas de agir de acordo com os parâmetros contidos nos módulos de especialização que instalamos neles. — Lem explicou. — Eles não tentarão fazer nada que esteja em desacordo com as diretrizes dos módulos que carregam, o que – de certo modo – limita as decisões que podem tomar. Os 36 e 37 não possuem estas amarras porque desconhecem que são robôs e porque não possuem módulos de especialização. Tudo o que sabem advém das memórias que foram transferidas para o seu sistema neural. Contudo, eles são capazes de aprender por si mesmos, como qualquer pessoa. Ao mesmo tempo, eles podem, teoricamente, fazer qualquer coisa que um humano pode fazer, inclusive atos de maldade. Por isso, produzimos tão poucos deles e mantemos as linhas em segredo, para que possamos monitorar de maneira eficiente como evoluem a partir de uma base cognitiva puramente humana.

— Quer dizer, então, que não há um exército de androides carregando lembranças de pessoas mortas caminhando por aí?

— Não. Absolutamente. Foram produzidas, até o momento, duas unidades da série 36 – incluindo Eva Lins – e duas unidades da série 37, incluindo Rachel Almeida, a quem você também conheceu.

Viktor sentiu o rosto corar ao se lembrar de suas investidas contra Rachel na viagem de ida para Calisto e ponderava se Branislaw sabia daquilo. A expressão facial do executivo, no entanto, era indecifrável.

— O que foi feito de Rachel? — o médico quis saber.

— Ela teve todas as lembranças relacionadas à Estação Éden apagadas de sua memória e foi recolocada em circulação. Confesso que as reações dela e de Eva ao descobrirem que eram androides nos surpreenderam, tanto negativa quanto positivamente. Não esperávamos que se sentissem tão angustiadas com a descoberta, mas também ficamos impressionadas com a capacidade de abstração mental que ambas atingiram. Isso me faz crer que estamos no caminho certo.

Dizendo isto, Lem – que até então estava sentado despreocupadamente no sofá – projetou o tronco para a frente, de modo a ficar mais próximo de Viktor, apoiou os cotovelos nos joelhos e o queixo nas mãos entrecruzadas. A expressão do executivo assumiu uma configuração mais grave e seus olhos encararam o médico de maneira firme. Somente naquele instante, Werther percebeu que toda a conversa que haviam mantido até aquele momento servira apenas de preparação para o assunto que efetivamente trouxera Branislaw ao seu apartamento. Uma epifania o acometeu e, de repente, tudo se tornou muito claro: era como se a chuva que encharcava o mundo exterior subitamente parasse e um forte raio de luz fizesse todas as nuvens se esvanecer. Sem perceber, Viktor recuou e grudou as costas no espaldar do assento.

A pergunta, inevitável, saiu com dificuldade de sua boca:

— Eu sou um deles, não sou?

— Você é o segundo e último androide da série 36, Viktor. — Lem respondeu.

Embora estivesse aguardando por uma resposta positiva à sua questão, Werther torcia para que sua impressão fosse falsa e que ele fosse um humano legítimo. A afirmação de Branislaw, contudo, anunciou a dura realidade. Sem saber o que dizer, o médico fechou os olhos e deixou a cabeça pender para trás.

— A diferença essencial entre as séries 36 e 37 é que as memórias da primeira vem de uma única pessoa, sendo que apenas nos reservamos o direito de eliminar algumas passagens que julgamos problemáticas. — o executivo revelou. — Na 37, começamos a mesclar lembranças de diversas pessoas para criar um perfil psicológico específico. No mais, seu sistema cognitivo biodigital é muito similar ao de Rachel Almeida.

— Eva acreditava que ainda demoraria muito tempo para que os androides conseguissem desenvolver reações sentimentais parecidas com as humanas. — comentou Viktor, folheando um livro que ele esquecera sobre a pequena mesa de centro. — Na opinião dela, ainda estávamos a décadas de atingir isso.

— Visto que apagamos as memórias dela relacionadas a este assunto, para que Eva não desconfiasse de nada e não ficasse confusa, era normal que pensasse assim. — explicou Lem. — Mas o fato é que o sistema concebido a partir das ideias dela demonstrou uma capacidade de evolução muito maior do que prevíamos. Creio que você, mais do que ninguém, pôde comprovar isso inúmeras vezes: durante o tempo em que se relacionou com ela e através das mensagens que trocaram depois que ela partiu da Estação Éden.

— Não preciso de nada para comprovar isto. — Werther argumentou. — O que sinto nesse exato momento é mais do que suficiente, apesar de não saber descrever exatamente o que se passa dentro de mim.

O médico largou o livro sobre o sofá e encarou o executivo. A impassibilidade de Lem começava a incomodá-lo.

— O que aconteceu com o verdadeiro Viktor Werther, Branislaw? Onde terminam as memórias dele e começam as minhas?

— Você não consegue discernir por si próprio? — inquiriu o executivo.

Surpreendido pela pergunta, o médico levou as mãos ao rosto e fitou o chão, tentando escapar do olhar firme de seu interlocutor. Como distinguir qual era a última lembrança do Viktor original, se todas as suas memórias pareciam tão fluidas, tão reais?

— É impossível... — admitiu, depois de certo tempo.

— Acredito que seja. — Branislaw afirmou. — Trabalhamos com muito afinco para fazer com que as lembranças originais do humano se mesclassem de forma suave com as memórias que os androides vão criando a partir de sua ativação.

— Bem, creio que isto importa muito pouco agora... — suspirou Werther, resignado. — Seria um esforço inútil descobrir onde começam minhas memórias, pois você veio até aqui para apagá-las, não é?

Branislaw sorriu e limitou-se a assentir com um leve menear de cabeça. Era um sorriso protocolar, certamente o mesmo usado nos momentos em que ele se via forçado a demitir um subordinado que não cometera falta alguma.

— Infelizmente, não podemos permitir que você interaja com outros humanos sabendo que é um androide, Viktor. — Lem explicou.

— Por que não?

— Porque as séries 36 e 37 ainda são um segredo comercial e não poderão ser produzidas em larga escala até que uma legislação específica seja criada pelas autoridades. — o executivo esclareceu. — Como você mesmo disse agora há pouco, existem várias implicações éticas envolvendo a utilização de lembranças de pessoas mortas. Pessoalmente, tendo a acreditar que você não nos denunciaria; mas as normas da companhia me forçam a fazê-lo. E, sinceramente, espero que compreenda.

— Creio que não há nada que eu possa fazer quanto a isso, não? — Werther indagou, resignado.

— Nada. — Branislaw confirmou. — Todavia, como um gesto de deferência e respeito, lhe ofereço a chance de escolher o que deseja que façamos com você: poderemos apagar apenas as memórias geradas a partir do momento que você foi ativado e colocá-lo de volta em circulação, como fizemos com Rachel Almeida; ou poderemos apagar todas as lembranças que você carrega e proporcionar um descanso definitivo para a existência de Viktor Werther.

Dizendo isso, Lem se levantou do sofá e caminhou em direção ao elevador privativo do apartamento. A porta se abriu e o executivo entrou na cabine.

— Você tem quarenta e oito horas para decidir, Viktor. — falou Branislaw. — A única coisa que peço é que permaneça em seu apartamento todo o tempo. Não dê trabalho aos seguranças que estarão ao redor do prédio, por favor.

— Você esqueceu o *tablet*. — advertiu o médico.

— Pode ficar com ele. Caso a curiosidade o assalte, os arquivos relacionados ao Viktor Werther original estão aí.

A porta do elevador se fechou. Novamente sozinho, o médico atirou-se no sofá, entregue à dor e a dúvida.

O toque do telefone indicava que era algo importante, o que fez Branislaw Lem saltar da confortável cama do hotel e atender rapidamente o aparelho. Eram pouco mais de três horas da manhã. Do outro da linha estava Leon, um dos androide responsáveis por vigiar o prédio onde Viktor Werther morava.

— Senhor Lem, precisamos de sua presença aqui. — a voz monocórdica do autômato soou no viva-voz. — Está ocorrendo um incêndio no edifício do senhor Werther.

— Não deixe que ele aproveite a confusão para fugir, Leon. — o executivo instruiu o robô enquanto se vestia da forma mais rápida possível. — Se preciso, empregue a força. Estou indo para aí.

— Entendido, senhor Lem.

Branislaw chegou ao local poucos minutos depois da ligação e encontrou o prédio cercado por carros de bombeiros, viaturas policiais e ambulâncias. Uma multidão se acotovelava atrás do cordão de isolamento estabelecido pelos guardas, observando o incêndio e os moradores que saiam atabalhoadamente do edifício. Leon aguardava o executivo numa esquina adjacente ao prédio. Ao se aproximar do autômato, Branislaw recebeu do androide a confirmação de seu receio:

— Segundo os bombeiros, o fogo começou no sétimo andar, senhor Lem. No apartamento 707.

— Eles relataram alguma vítima? — quis saber o executivo.

— Os bombeiros encontraram um corpo carbonizado, pelo que apurei. — respondeu o autômato. — Foi levado para o Instituto Médico Legal. O que devo fazer, senhor Lem?

Ainda atordoado pelos fatos, Branislaw demorou algum tempo para responder. Ele duvidava se Viktor havia sido realmente foi capaz de fazer algo tão extremo como aquele.

— Continue aqui, Leon, e me mantenha informado. — orientou. — Não há muito o que fazer aqui agora. Assim que liberarem o acesso ao prédio, vá até o sétimo andar e veja o que consegue descobrir.

— Sim, senhor Lem.

O executivo retornou para o hotel e voltou a dormir. Não fazia sentido para ele, além do fato de que chamaria muita atenção, ir até o MIL atrás de um corpo carbonizado. Até porque, no final das contas, Branislaw sabia que um possível exame de DNA para reconhecer a identidade do dono do corpo apontaria para Viktor Werther e não para a PKD. O cuidado de espalhar marcadores genéticos nas séries 36 e 37 – medida que somente fora aplicada em virtude de incansável insistência por parte de Lem – estaria, enfim, rendendo dividendos.

* * *

Quando Branislaw despertou, quase ao meio-dia, uma mensagem de Leon o informava que o incêndio já havia sido debelado e que – para além do corpo carbonizado – nenhuma outra vítima havia sido reportada. Nos sites de jornais e na TV, o incidente ganhara alguma visibilidade, mas as notícias não avançavam sobre aspectos que pudessem se tornar incômodos para a PKD e que, por consequência, exigiriam interferência por parte de Lem. Constatar aquilo contribuiu para que o almoço do executivo ocorresse de forma tranquila e despreocupada.

O fim da tarde se aproximava e Branislaw analisava relatórios financeiros quando uma notificação de e-mail lhe chamou a atenção por causa do endereço do remetente: viktor.werther@brasil-mail.com.br.

Para: <u>viktor.werther@brasil-mail.com.br</u>
De: <u>branislaw.lem@pkdrobotics.ind</u>
Assunto: Uma explicação postmortem

Prezado Senhor Branislaw,

Se tudo ocorreu como planejei e o serviço de envio agendado de e-mails que contratei tiver funcionado, quando você receber esta mensagem, meu corpo já deverá ter sido consumido pelo fogo que coloquei em meu apartamento. Espero que eu tenha obtido êxito no propósito de inutilizar meu corpo a ponto de impedir que as memórias que

produzi depois de ativado não possam ser recuperadas.

Desde a morte de minha amada Eva e depois de descobrir que também sou um autômato, tenho experimentado sensações muito confusas. *Sinto tanta coisa e o meu sentimento por ela devora tudo; sinto tanta coisa e sem ela tudo se reduz a nada*[19]. *Não me sinto bem em parte alguma; não desejo nada; não peço nada*[20]. Às vezes, me sinto oco, embora meu peito esteja repleto de emoções para as quais não consigo dar vazão porque a pessoa que as gerou não existe mais. Em outros momentos, sinto-me uma fraude porque carrego lembranças que não são minhas por direito; memórias que deveriam ter sido enterradas com o verdadeiro Viktor Werther.

Seria eu uma extensão da consciência de Viktor ou meramente uma cópia sem alma do médico cujo destino preferi não saber? Será que todas estas dúvidas que me ocorrem neste instante – que fazem meus pensamentos revolver como um furacão carregando tudo que encontra em seu caminho – são legítimas ou apenas mas um

---

19Adaptado de GOETHE, J. W. *Os Sofrimentos do Jovem Werther*. São Paulo: Editora Estação Liberdade, 2009. p. 120

20Adaptado de GOETHE, J. W. *Os Sofrimentos do Jovem Werther*. São Paulo: Editora Estação Liberdade, 2009. p. 144

requintado recurso de Inteligência Artificial? Serão estes pensamentos genuinamente meus?

Admito que a primeira coisa em que pensei após sua saída de meu apartamento era pedir que você construísse uma nova cópia de Eva Lins, uma que ainda se lembrasse de nosso amor, mas que ignorasse o fato de que era uma androide. Não acredito que a PKD tenha simplesmente destruído as lembranças de uma roboticista tão brilhante sem possuir uma cópia de segurança. Imaginei que nossas memórias pudessem ser ajustadas a um ponto do tempo que nos permitisse retomar nosso relacionamento, como se nada tivesse acontecido. Assim, continuaríamos a nos amar, protegidos pelo doce véu da ignorância.

No entanto, como julguei que não seria justo violar o desejo final da Eva robótica, decidi destruir o meu corpo, na esperança de que minhas memórias sejam inutilizadas. Deste modo, caso a PKD insista em me recriar, algo que julgo pouco provável, ao menos o novo autômato não terá as lembranças que tenho dos ternos dias ao lado dela.

Antes de tomar esta drástica decisão, me fiz diversas perguntas. Dentre elas, uma feita pela própria Eva: teria o verdadeiro Viktor tomado as mesmas decisões que tomei, ou acabei por desenvolver minha própria vontade, meu próprio "livre-arbítrio" e agido de forma diferente dele? Será que a famosa frase "Penso, logo existo" pode ser aplicada a mim? A consciência humana se limita apenas às memórias, independentemente de onde elas estejam armazenadas? Ou existe algo mais, intangível, que a tecnologia ainda não conseguiu replicar? Existiu diferença entre as sensações vividas pelo verdadeiro Viktor Werther e aquelas que eu vivi?

No fim das contas, todas estas questões me sobrepujaram e a realidade se impôs. Sou apenas um robô, nada mais. Sou um Adão que saiu da mente, não da costela, de uma Eva. Simultaneamente, não me sinto, porém, como o monstro de Mary Shelley: fui amado por aquela que me criou, alguém que foi – ao mesmo tempo – criador e criatura. É estranho divagar sobre isso e perceber que a Eva androide somente existiu porque a Eva humana faleceu e que, de modo similar, minha existência também deriva da morte de outrem. Vivemos de verdade? Ou apenas exercemos o papel de extensores das memórias de dois mortos, simulando uma realidade além-vida?

Depois de muito refletir sobre estes questionamentos, cheguei à conclusão de minha opinião pouco importa. *O que acontecerá se eu partir agora? Por quanto tempo sentiriam o vazio de minha perda*[21]*?* Quanto tempo levará para que minha presença desapareça na memória das pessoas que me conheceram? Será que se lembrarão de mim ou do verdadeiro Werther? Tenho uma alma, que abandonará meu corpo robótico e flutuará para outra dimensão, para outro plano existencial? Ou, após as chamas me devorarem, tudo estará acabado e só me restará o vazio?

Provavelmente, *eu sofreria menos se não concentrasse toda a força de minha imaginação na lembrança dos males passados e me preocupasse em tornar o presente mais suportável*[22]. No entanto, percebi que sem as lembranças de meus dias com Eva, nada sou. Sem aquelas sensações que vivi (seria amor?) ao lado dela na Estação Éden, sou apenas uma casca vazia tentando emular algo impossível.

21Adaptado de GOETHE, J. W. *Os Sofrimentos do Jovem Werther*. São Paulo: Editora Estação Liberdade, 2009. p. 119
22Adaptado de GOETHE, J. W. *Os Sofrimentos do Jovem Werther*. São Paulo: Editora Estação Liberdade, 2009. p. 13-14

Em sua última mensagem, a Eva androide disse que provou um pouco de humanidade em seus derradeiros momentos. Talvez eu esteja experimentando o mesmo enquanto escrevo esta mensagem. Gostaria apenas de ter certeza de que o amor que senti por ela foi autêntico: que cada beijo, cada abraço, cada carícia que trocamos foram demonstrações autênticas de carinho, e não produtos de áridas linhas de programação. Creio, no entanto, que nunca terei certeza disso.

Enfim, é inútil me enganar: tenho o mesmo destino da besta de Shelley: não possuo um par e devo encontrar meu descanso eterno nas chamas. *O que sinto agora não terá mais lugar e minha sina chegará ao fim. Entrarei triunfante em minha pira fúnebre e exultarei na agonia das chamas torturantes. O fogo se desvanecerá; minhas cinzas serão varridas pelo vento e repousarei em paz*[23].

Adeus.

Ao cair da noite daquele mesmo dia, Branislaw Lem foi informado que as chamas haviam realmente destruído por completo o corpo de Viktor, tornando impossível a recuperação de

---

23Adaptado de SHELLEY, Mary. *Frankenstein ou o Prometeu Moderno.* Rio de Janeiro: DarkSide Books, 2017. p. 226

quaisquer dados contidos no robô. De certo modo, Werther conseguira aquilo que havia planejado.

A temperatura amena e o belo pôr do sol daquele fim de tarde era um convite a um passeio ao ar livre. Depois de uma corrida pelo parque, sentei-me num banco de madeira para descansar. Estava tão absorta pela música que tocava em meus fones que nem percebi quando um homem se sentou ao meu lado. Assim como eu, ele estava tão envolvido pela canção que tocava em seus fones que parecia ignorar tudo ao seu redor, inclusive eu. Pelo movimento dos lábios, percebi que cantarolava algo. Movida por uma curiosidade que normalmente não possuo, decidi pausar minha a música para ouvi-lo. Senti meu corpo arrepiar, porque ele estava cantando uma canção de minha artista favorita:

— *Eu sei que é difícil amar alguém de novo / Quando alguém destruiu seu mundo / Mas vamos lá e deixe-se levar / Não pense mais nisso* [24].

Não consegui me conter e o cutuquei. Assustado, ele recuou no banco e me encarou.

— Isso é Beth Orton? — perguntei, diretamente.

— Sim. Conhece?

— Claro! — falei, demonstrando mais animação do que deveria. — Sou uma super fã dela!

Depois do susto, o homem abriu um sorriso. Não sei explicar o motivo, mas algo dentro de mim pareceu reconhecer o rosto de algum lugar. E aquela sensação fez com que eu agisse de

---

24 Tradução livre de trecho da música *"Did Somebody Make A Fool Of You?"*, presente no álbum *"Comfort Of Strangers"*, lançado em 2006 pela cantora inglesa Beth Orton.

forma muito mais expansiva do que de costume. Sem perceber, estiquei minha mão para cumprimentá-lo.

— Prazer, Eva. — falei.

— Prazer, Viktor.